Hrsg. SINA BLACKWOOD

Wo Dämonen schön wohnen

Bibliografische Informationen der Deutschen Nationalbibliothek:
Die Deutsche Nationalbibliothek verzeichnet diese Publikation in der Deutschen Nationalbibliografie; detaillierte bibliografische Daten sind im Internet über http://dnb.de abrufbar.

© 1. Auflage Februar 2017
Herausgeberin Sina Blackwood

Coverbild: fotolia 80509902 – Black Magician in the leather raincoat © diter
Illustrationen: Kay Elzner
Umschlaggestaltung: Sina Blackwood
Layout: Sina Blackwood

Herstellung und Verlag:
BoD – Books on Demand, Norderstedt
ISBN: 9783743141124

Wo Dämonen schön wohnen

Vorwort

Im Laufe der Menschheitsgeschichte hat sich die Definition dessen, was ein Dämon ist, sehr oft geändert.
Von Geist, über Schicksalsmacht, warnende Stimme, Verhängnis, bis hin zum Teufel, ist den Dämonen alles zugeschrieben worden.
In unserer Zeit ist der Dämon fast ausschließlich negativ belegt.

Aber wie leben Dämonen wirklich? Leben sie irgendwo in einer Zwischenwelt, mitten unter oder gar in uns? Sind sie faule Couchpotatos, hyperaktive Gartenfreaks oder Zwangsmisanthropen?

Wer weiß? Womöglich sind Dämonen auch nur Menschen … na ja, vielleicht aber auch nicht …

Hier haben sich neun Autoren und der bekannte Illustrator Kay Elzner zusammengefunden, um ein Licht auf das zu werfen, was Dämonen wirklich treiben.

Sina Blackwood

Jana Heidler

Schönheit ist teuflisch

Andi konnte sich noch gut daran erinnern, wie er SIE kennen gelernt hatte: Es war ein ganz normaler Abend in seiner Lieblingskneipe. Wie üblich goss er sich einen hinter die Binde. Erwartet hatte er nichts, außer seinen Freund, den Vollrausch. Schließlich war er weder der ansehnlichste noch der klügste Mann auf dem Planeten, in dem Land, der Stadt oder gar in diesem heruntergekommenen Lokal, weshalb vermutlich auch der Erfolg in allen Bereichen seiner Existenz auf der Strecke geblieben war.

Doch in dieser Nacht sollte sich sein ganzes Leben ändern. Und alles begann mit einer zuckersüßen Stimme, die zu ihm sprach: „Ist dieser Platz noch frei?"

Zuerst reagierte er nicht darauf, dachte, er bilde sie sich lediglich ein. Als sich dieser Satz jedoch wiederholte, sah er sich genötigt, in die Richtung zu blicken, aus der jener kam. Und da erspähte er SIE, direkt neben ihm stehend. Eine Frau, wie er sie schöner noch nie gesehen hatte: Groß, schlank, mit Beinen bis zum Hals und einem Dekolleté, welches durch das enge, kurze Kleid erst richtig zur Geltung kam. Im Nachhinein konnte er den Schnitt dieses Kleidungsstückes noch genauestens beschreiben, aber die Farbe war ihm komplett entfallen.

Diese Göttin unter den Frauen redete nun ausgerechnet mit ihm, dem größten Verlierer der gesamten Gegend. Und nicht nur das: SIE lächelte ihn sogar an. Er war derart perplex, dass er bloß mit dem Kopf nicken konnte, wobei ihm ein tiefer Rülpser entfuhr.

Nun setzte SIE sich auch noch geradewegs neben ihn auf den freien Barhocker, auf eine Weise, welche ihn sofort wieder nüchtern werden ließ, denn SIE offenbarte die maximale Sicht auf ihre Beine, ohne allzu anstößig zu wirken. Dann wandte SIE sich zu ihm und säuselte: „Darf ich Ihnen einen Drink für Ihre Freundlichkeit spendieren?"

Er konnte kaum glauben, was SIE zu ihm sagte (und das völlig freiwillig!). Also nickte er erneut knapp, wobei sein Kinn den Halt verlor und nach unten klappte. Sein Aussehen musste in dem Moment reichlich amüsant gewirkt haben, denn SIE kicherte und meinte: „Sie sind ja so witzig! Ich liebe Männer mit Humor!"

Damit war das Eis gebrochen. (Sofern es überhaupt vorhanden gewesen war.) Andi war IHR sogleich vollkommen verfallen. Seither lebte er wie in einem Traum und tat alles für SIE. Selbst die Heiratsurkunde unterschrieb er am nächsten Tag ungelesen. Da fiel ihm der Absatz über die Veräußerung seiner Seele an seine Ehefrau gar nicht erst auf.

Jetzt erst, Jahre später, begann er zu verstehen.

Umgehend nach der Hochzeit war er zu IHR gezogen, in ein nettes Eigenheim inmitten eines Vulkans. Um das Häuschen herum gab es fließend heiße Lava. Und er stand im Augenblick mit einem feuerfesten Staubwedel da

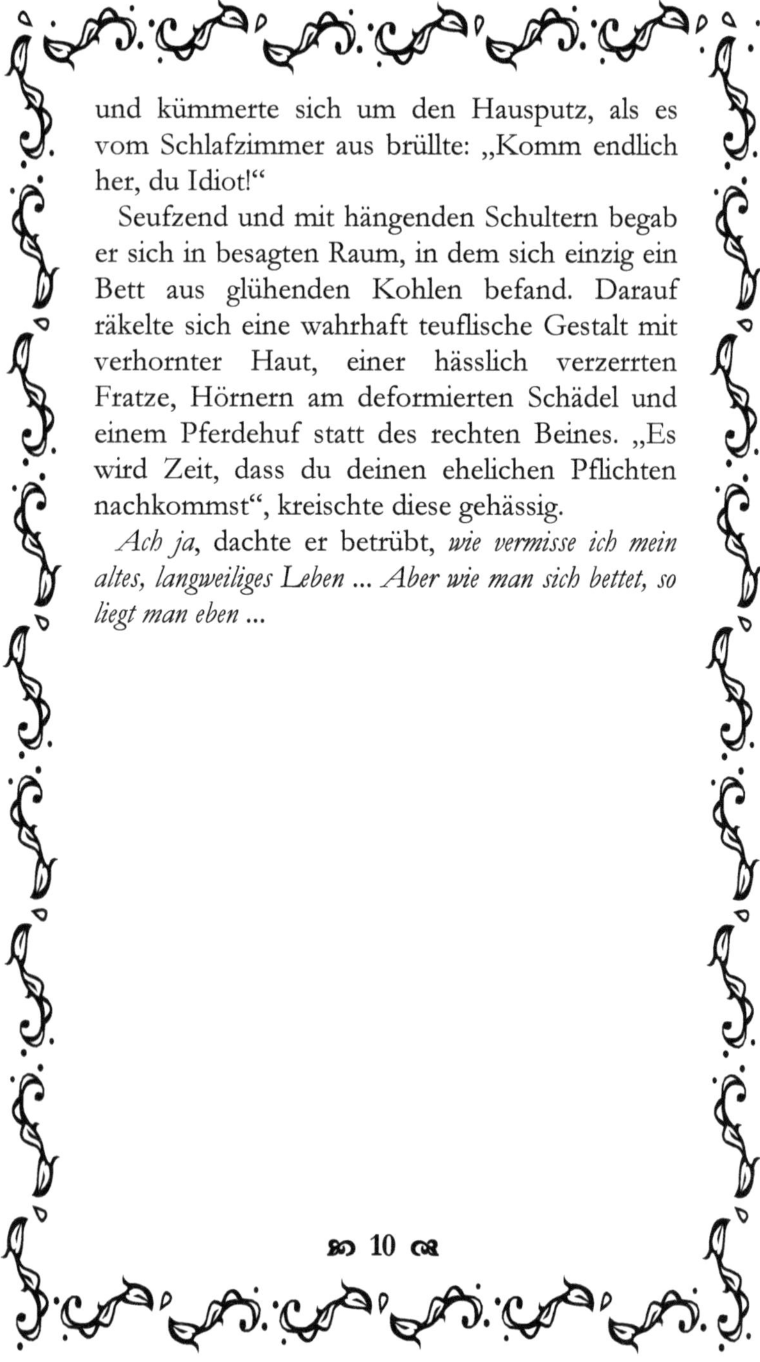

und kümmerte sich um den Hausputz, als es vom Schlafzimmer aus brüllte: „Komm endlich her, du Idiot!“

Seufzend und mit hängenden Schultern begab er sich in besagten Raum, in dem sich einzig ein Bett aus glühenden Kohlen befand. Darauf räkelte sich eine wahrhaft teuflische Gestalt mit verhornter Haut, einer hässlich verzerrten Fratze, Hörnern am deformierten Schädel und einem Pferdehuf statt des rechten Beines. „Es wird Zeit, dass du deinen ehelichen Pflichten nachkommst“, kreischte diese gehässig.

Ach ja, dachte er betrübt, *wie vermisse ich mein altes, langweiliges Leben ... Aber wie man sich bettet, so liegt man eben ...*

Matthias Albrecht

Alles, außer gruselig

Paulina, die kleine Gespensterdame, litt an schweren Depressionen. Sie fühlte sich ausgegrenzt und zu nichts nütze. Dabei wurde sie von allen geliebt und wertgeschätzt. Dennoch war sie unglücklich. Und warum?

Ihre Gefährten konnten durch die Bank hinweg auf unzählige Herzinfarkte und Schlaganfälle verweisen, welche die Menschen in den letzten hundert Jahren infolge ihrer nächtlichen Spuk-Aktivitäten erlitten hatten. Und wie Kinder nun einmal sind, übertrumpften sie sich gegenseitig beim Schildern ihrer Abenteuer. Nur Paulina konnte nicht mitreden. Sie hatte noch niemanden erschreckt, geschweige denn zu Tode.

Nicht, dass sie solche Art der Freizeitgestaltung vermisst hätte. Sie machte sich nichts aus Spuken und Menschen erschrecken. Und wenn sie es im Beisein ihrer Geschwister gezwungenermaßen doch einmal versuchte, versagte sie kläglich. Entweder nahmen ihre *Opfer* das Gespenstige der kleinen Paulina gar nicht wahr oder verspürten nur einen kühlen Lufthauch, ein leises Rascheln oder ein feines Kitzeln im Nacken. Das war eher zum Schmunzeln denn zum Gruseln.

Die Erwachsenen nahmen es Paulina nicht übel, dass sie aus der Art schlug. Nicht allen Gespenstern war es gegeben, Angst und Schrecken gleichermaßen zufriedenstellend zu verbreiten. Und nur sehr wenigen – eine

Handvoll von Zehntausend – wurde eines Tages die Ehre zuteil, in den Kreis der mächtigen Dämonen aufgenommen zu werden. Obgleich sich Paulina angesichts derartiger Meinungen hätte freuen müssen, ärgerte sie sich, denn ihre gleichaltrigen Kameraden sahen das naturgemäß anders.

„Du bist ein Gespenst, Paulina“, belehrten sie das Mädchen. „Du solltest zur Geisterstunde unheimliche Geräusche von dir geben, grauenhaft aussehen und die Menschen so das Gruseln lehren. Stattdessen klingt dein Wimmern wie das Wispern von Espenlaub im Wind und alles, was man von dir zu sehen bekommt, ist der Hauch einer Nebelschwade. Wenn überhaupt. Kannst du dir denn nicht ein bisschen mehr Mühe geben?“

„Ich habe keine Lust, Menschen zu erschrecken“, erwiderte Paulina. „Mir macht es keinen Spaß. Und wenn einem was keinen Spaß macht, kann man ’s eben auch nicht so gut.“

„Nicht so gut? Du kannst es nicht die Bohne! Wer weiß, ob du überhaupt ein Gespenst bist. Wahrscheinlich eher so ein Zwischending. Nichts Halbes und nichts Ganzes.“

Paulina erschrak. Ein Zwischending wollte sie nicht sein. Aber was sollte sie machen? Sie konnte sich nun mal nicht für das nächtliche Spuken erwärmen. So sehr sie sich auch Mühe gab, um endlich dazu zu gehören, nichts wollte ihr gelingen.

Dabei wäre sie sehr wohl in der Lage gewesen, Angst und Schrecken zu verbreiten. Heimlich in ihrem Kämmerlein „übend", erschrak sie des Öfteren vor sich selbst, wenn sie hässliche Grimassen zog oder sich in riesige, zottelige Monster und Zombies verwandelte. „Ich kann es!", pflegte sie dann regelmäßig mit hohler Grabesstimme zu stöhnen, um gleich darauf verzweifelt zu seufzen: „Aber – ich kann es nicht zeigen."

Ihre Spielgefährten sonderten sich zusehends von ihr ab, und bald konnte Paulina nur noch auf die erwachsenen Gespenster zurückgreifen, wenn sie sich mit ihren Sorgen und Nöten jemandem anvertrauen wollte.

Nun weiß ein jeder aus eigener Kindheits-erfahrung, dass die Erwachsenen zwar zuhören und trösten können, wenn es darauf ankommt. Sich jedoch in die Psyche eines Kindes hinein-zuversetzen, das vermögen sie kaum. Nicht in dem Umfang, wie erforderlich wäre.

Und so blieb Paulina nichts anderes übrig, als sich eines Tages im Reich der Menschen eine gleichaltrige Spielkameradin zu suchen. Natür-lich musste sie dabei behutsam vorgehen, können doch Menschenkinder selbst vor einem unerwarteten Flüstern oder eisigen Lufthauch erschrecken. Sie überlegte eine Weile ange-strengt hin und her – dann reifte in ihr ein Plan, den sie bereits am nächsten Tag in die Tat umzusetzen gedachte.

Die neunjährige Marie-Luise war als Menschenkind genauso arm dran wie Paulina als Gespenst. Auch sie wurde von den anderen Kindern gemieden, weil sie mehr Fantasie hatte als die meisten ihrer Spielgefährten und darüber hinaus zu reif war für ihr Alter. So spielte sie für sich allein mit ihren Puppen oder saß stundenlang auf der kleinen Bank im Hinterhof ihres Wohnblocks und fantasierte vor sich hin.

Auch an diesem Nachmittag hockte sie wieder auf ihrem Lieblingsplatz, als sie plötzlich eine Mädchenstimme ihren Vornamen rufen hörte. Sie schaute sich um, konnte aber nirgends jemanden entdecken.

„Marie-Luise!", erklang es erneut.

„Wo bist du? Ich seh' dich nicht."

„Ich bin hier. Hinter der Wassertonne. Du brauchst aber nicht nachzuschauen, denn du kannst mich sowieso nicht sehen."

„Und warum nicht?", fragte Marie-Luise, die sich erhoben hatte.

„Weil ich für dich unsichtbar bin. Jedenfalls tagsüber. Und, wenn ich es will, auch in der Nacht."

Marie-Luise war indes zur Tonne gekommen. „Ich sehe dich wirklich nicht. Gib 's zu, du hockst hinter der Hecke!"

Ein leises Lachen antwortete ihr. Marie-Luise reckte den Hals und war ratlos. Hinter der Hecke steckte auch niemand.

„Unsichtbar machen kann sich kein Mensch!",
bemerkte Marie-Luise altklug. „Das gibt 's nur
im Märchen."

„Wer sagt, dass ich ein Mensch bin?"

„Was denn sonst? Etwa ein Geist?"

„Du hast es erraten!"

Marie-Luise kicherte. „Geister gibt es nicht.
Nur im Film und in Büchern. Also sag schon,
wo bist du?"

„Hier. Genau vor dir."

„Beweise es!"

„Gut, aber du darfst nicht erschrecken. Ich
werde dich am Arm berühren. Spürst du die
Kälte?"

Marie-Luise zuckte zurück. Eine Weile stand
sie mit offenem Mund sprachlos da. „Wie – wie
machst du das? Wer – wer bist du?"

„Ich heiße Paulina. Und Gespenster sind kalt
wie Eis. Wusstest du das nicht?"

Statt zu antworten, ging Marie-Luise, sich die
Stelle ihres Arms haltend, an der Paulina sie
berührt hatte, langsam rückwärts. Es sah aus, als
ob sie jeden Moment davonlaufen wollte.

„Du brauchst keine Angst zu haben", sagte
Paulina schnell. „Ich tu dir nichts. Ich könnte es
auch gar nicht. Setz dich wieder auf die Bank
und höre mich an."

Marie-Luise setzte sich zögernd. Alles kam ihr
plötzlich vor wie im Traum.

Dann klagte ihr das Gespenstermädchen
Paulina sein Leid. Das Menschenkind hörte mit

großen Augen zu und begann allmählich zu begreifen, dass Paulina keine Einbildung war.

Marie-Luise und Paulina verband schon bald eine tiefe Freundschaft. Sie trafen sich nun täglich zur gleichen Stunde am gleichen Ort und tauschten ihre Erlebnisse und Gedanken aus, wobei sich Marie-Luise bemühte, nicht den Anschein zu erwecken, als führe sie Selbstgespräche. Immerhin war es nicht auszuschließen, dass sie von den Leuten auf ihren Balkonen beobachtet wurde.

So erübrigt es sich wohl auch, zu erwähnen, dass das Menschenkind niemandem von der Existenz seiner gespenstigen Freundin erzählte. Mit ihren neun Jahren war Marie-Luise bereits verständig genug, um zu wissen, welche Probleme ihr eine solche Offenbarung eingebracht hätte. Und Probleme hatte sie weiß Gott schon genug.

Eines Tages fand Paulina ihre Freundin sehr niedergeschlagen vor. Auf ihre Frage hin erzählte Marie-Luise von dem Juweliergeschäft ihres Vaters und dem Einbruch in der vergangenen Nacht. Der dritte in diesem Jahr. Trotz Alarmanlage und Sicherheitsvorkehrungen. Stets waren die Verbrecher spurlos verschwunden, wenn die Polizei eintraf. Noch solch ein Vorfall, und Vater würde das Geschäft aufgeben müssen. Dann könnte er sich seinen

Plan, einen Baukredit für ein Häuschen aufzunehmen, aus dem Kopf schlagen.

Eine Weile hingen die beiden ihren Gedanken nach, dann sagte Paulina plötzlich: „Es wird keinen Einbruch mehr geben! Jedenfalls wird nichts gestohlen werden. Dafür sorge ich!"

„Ach, wenn du das nur fertigbringen könntest", seufzte Marie-Luise.

Nacht für Nacht legte sich nun Paulina im Juweliergeschäft auf die Lauer. Für sie war es ein Leichtes, in das Gebäude zu gelangen – sie schwebte einfach durch die Wand hindurch. Ein Vierteljahr lang wartete sie vergeblich. Dann aber, drei Wochen vor Weihnachten, machten sich um Mitternacht zwei dunkel gekleidete, vermummte Gestalten an der Tür des Ladens zu schaffen. Es schabte und knackte, dann öffnete sich die Tür. Keine Minute später standen sie vor den Schmuckauslagen.

„Du de linke Vitrine, ich de rechte", zischte der Größere der beiden Einbrecher. „Wie immer schnell ausräumen und dann nischt wie weg. Los!"

Die beiden hielten in ihren Händen längliche Gegenstände, die wie Baseballschläger aussahen. Doch wie sie die Arme hoben, um auf die Glasscheiben der Vitrinen einzuschlagen, erstarrten sie in der Bewegung: Direkt vor ihnen begann sich mit unheimlichem Fauchen ein fürchterliches Wesen aus der Wand zu schälen. Es leuchtete grünweißlich, hatte dürre Arme mit riesigen, sichelförmigen Klauen an den Händen, einen spärlich behaarten Totenschädel, an dem phosphoreszierende Fleischfetzen zu hängen schienen, lange, gekrümmte Eckzähne und rotglühende Augen. Es riss sein schwarzes Maul auf. Ein eisiger Hauch traf die entsetzten Einbrecher – der Odem des Todes.

Die beiden ließen ihre Knüppel fallen und flüchteten unter grässlichem Geschrei. Weit kamen sie jedoch nicht. Die wie von Geisterhand zuschlagende Tür setzte ihrem Fluchtversuch ein abruptes Ende. Sie prallten dagegen und gingen bewusstlos zu Boden.

Als sie wieder zu sich kamen, blinzelten sie in den flackernden Schein des Blaulichts. Polizisten waren dabei, ihnen Handschellen anzulegen. Sie staunten nicht schlecht, dass ihnen endlich die langgesuchten Galgenvögel auf diese Art ins Netz gegangen waren. Die Verbrecher wehrten sich nicht. Sie schienen sogar froh zu sein, verhaftet zu werden. Immer wieder erzählten sie mit zitternden Stimmen von der Geister-erscheinung. Natürlich glaubte man ihnen kein Wort.

Der Vorfall sprach sich in Windeseile herum. Zeitungen berichteten ebenso darüber wie Nachrichtensender. Die von Marie-Luises Vater neu installierten Infrarot-Überwachungskameras des Geschäfts hatten zudem alles aufgezeichnet.

Wirklich alles? Man sah lediglich, wie die beiden Einbrecher zum Zerschlagen der

Vitrinen ausholten, erstarrten, die Schläger fallenließen, sich umdrehten, gegen die Tür rannten und in Ohnmacht fielen. Von einem Lichtschein oder gar einer gespenstigen Erscheinung keine Spur.

Auch in der Gespensterwelt war Paulinas nächtlicher Spuk Thema des Tages. Sie wunderte sich nicht wenig darüber, glaubte sie doch, dass niemand von ihrer Aktion wüsste. Dennoch hatten ihre Kameraden Wind von der Sache bekommen und waren ihr allabendlich heimlich gefolgt. Als sie jedoch sahen, dass Paulina Nacht für Nacht stundenlang untätig im Juweliergeschäft herumsaß, schüttelten sie nur die Köpfe und tippten sich mit den Fingern an die bleichen Stirnen.

Doch nur bis zu eben diesem denkwürdigen Einbruch, als endlich klar wurde, was Paulina bezweckt hatte. Im Nu stieg ihr Ansehen in ungeahnte Höhen auf. Jetzt war sie eine Heldin! Zwei skrupellose, vorbestrafte, abgebrühte Schwerverbrecher derart in Angst und Schrecken zu versetzen – dazu gehörte schon etwas. Nicht nur ihre Altersgefährten, auch die erwachsenen Gespenster rätselten, wie sie das angestellt haben könnte, und verneigten sich im Stillen vor ihr.

Paulinas Selbstbewusstsein wuchs rasant. Sie ließ sich von ihren Kameraden nichts mehr gefallen und antwortete auf Sticheleien zunehmend schlagfertig. Innerhalb weniger Wochen avancierte sie zur Klassensprecherin. Ihre Meinung war plötzlich gefragt, und ihr Ratschlag wurde selbst von jenen befolgt, welche sie noch vor kurzer Zeit verhöhnt hatten.

Paulina indes stieg der Ruhm nicht zu Kopf. Sie dachte nicht daran, eine Karriere als „Fürchterlichstes Schreckgespenst aller Zeiten" zu beginnen, wie ihr wohlmeinende Stimmen immer wieder nahelegten. Hin und wieder bösen Menschen eine Gänsehaut über den Rücken laufen zu lassen und diese somit von Straftaten abzuhalten, das war in Ordnung und machte sogar Spaß. Ansonsten jedoch stand sie der Spukerei weiterhin ablehnend gegenüber.

Das Juweliergeschäft wurde nie wieder zum Schauplatz eines Verbrechens. Im Gegenteil: Das mysteriöse Geschehen zog die Kundschaft magisch an. Jeder wollte den Tatort mit eigenen Augen sehen, und viele erwarben ein Goldschmiedeprodukt des Ladens, in dem es des Nachts auf solch spektakuläre Weise gespukt hatte. Der Vater bekam den Kredit und bald wohnte die Familie in dem neuen Häuschen, das ohne Paulinas Hilfe nie gebaut worden wäre.

Was aus der kleinen Gespensterdame geworden ist, wollen Sie wissen? Nun – eine große Gespensterdame, welche endlich die Anerkennung genoss, die ihr gebührte. Man hatte ihr sogar eine Karriere als Dämonin in Aussicht gestellt – eine Auszeichnung, die selbst erwachsene Gespenster vor Neid „erbräunen“ ließ, doch sie lehnte dankend ab. Das Böse in ihr war nur rudimentär vorhanden und reichte nicht aus, ein solches Amt zu bekleiden.

Mit Marie-Luise verband sie auch ferner eine tiefe Freundschaft. Und bis zum heutigen Tag ahnte kein Mensch die wahren Zusammenhänge für den Spuk in jener Nacht, die für Marie-Luises Familie so bedeutsam werden sollte.

Sina Blackwood

Crazy blue

Der Strudel des ablaufenden Wassers in der Badewanne wechselte seine Farbe im Sekundentakt, wobei die Farbe Blau in unzähligen Schattierungen überwog. Bram riss ungläubig die Augen auf, hatte er doch einen orangefarbenen Badezusatz verwendet. Er beugte sich tief hinunter, um das Phänomen genau betrachten zu können. Da rannen auch schon die letzten Tropfen in das Ablaufrohr.

Dachte jedenfalls Bram. Ein gurgelndes Geräusch erklang, dann machte es *blubb* und ein Geysir aus lauwarmer blauer Flüssigkeit klatschte ihm ins Gesicht, verteilte sich an den Wänden der Badewanne und ergab einen bildhaften Effekt, welcher der Küstenlinie um Monaco verblüffend ähnlichsah.

Bram staunte mit offenem Mund, strich sich mit der Hand über die Augen, blinzelte und stellte fest, dass er nicht träumte. Dann griff er ganz mechanisch zum Brauseschlauch, worauf ein leises Lachen aus dem Abfluss erklang. Ehe Bram dazu kam, den Wasserhahn zu öffnen, verschwand das mysteriöse Gemälde, oder was auch immer es gewesen sein mochte, spurlos.

„Das letzte Bier muss schlecht gewesen sein", murmelte er, den Duschkopf des Schlauches wieder in die Halterung steckend.

Schon am nächsten Morgen hatte er den Spuk vergessen. Zudem war Montag und der typische chaotische Wochenstart auf der Baustelle nahm ihn gefangen. Weil er täglich in der Firma duschte, ehe er den Heimweg antrat, begnügte er sich zu Hause mit Körperpflege am Waschbecken.

Freitagmittag fiel der Hammer und Bram zog, wie an jedem Wochenende, mit Kumpels in seine Stammkneipe, gleich um die Ecke. Wie immer, trank er mindestens zwei Gläser Bier zuviel und seine Freunde hatten Mühe, ihn halbwegs sicher bis vor seine Haustür zu bringen. In seiner Wohnung angekommen, fiel er meist gleich mit Klamotten ins Bett und schlief seinen Rausch aus.

Samstagmorgens ekelte er sich regelmäßig vor sich selbst, ließ Badewasser ein, um sich langsam wieder zu entspannen.

Irgendwo in seinen grauen Zellen regte sich plötzlich eine Erinnerung. Nicht Genaues, nur eine vage Gedankensequenz, die mit dem orangefarbenen Badezusatz verknüpft sein musste und einen merkwürdigen Beigeschmack hatte.

Gezielt griff Bram nach einem Fichtennadelbad, das er direkt ins Wasser unter dem Hahn tropfen ließ und wo er sich dann wie ein Kind freute, als ganze Schaumberge die Wanne fast einen halben Meter hoch bedeckten. Zufrieden ließ er sich in die weiße Pracht gleiten, schloss selig die Augen und döste vor sich hin, bis sein Magen lautstark Nahrung forderte.

Also stieg er aus der Wanne, trocknete sich ab, zog bequeme Kleidung über und zog erst dann den Stöpsel. Sofort spülte er mit breitem Brausestrahl den Schaum zusammen.

Das Wasser lief ab. Merkwürdiges Gluckern begleitete die letzten Tropfen, was Bram die ganze Erinnerung zurückbrachte. Er prallte zurück. Gerade noch rechtzeitig, um nicht von der fast meterhohen Fontaine getroffen zu werden, die Old Faithful im Yellowstone-Nationalpark zur Ehre gereicht hätte. Es zischte, es dampfte, gelbliche Brühe schwappte durch die Wanne und bildete den kochenden Kessel des Geysirs mit allen Details nach.

„Wow!“ Bram äugte durch die gespreizten Finger beide Hände, welche er vor das Gesicht geschlagen hatte. „Das ist crazy!“, krächzte er mit belegter Stimme. Diesmal verkniff er sich den Griff zum Duschschlauch. Allerdings zuckte er heftig zusammen, als die Reste mit schwarzblauen Blubberblasen im Ablauf verschwanden und gleichzeitig schrilles Gelächter einsetzte: „Du hast mich gerufen! Crazy! Ja, ich bin Crazy! Crazy Blue!“

Bram machte auf dem Absatz kehrt, schlug die Badtür hinter sich zu und zündete mit zitternden Fingern eine Zigarette an. Das Wort *crazy* war ihm einfach so herausgerutscht, weil das, was in seiner Wanne passierte, ganz einfach crazy war.

Als er den Stummel im Aschenbecher ausdrückte, plagte ihn die Neugier, sodass er zum

Bad zurückschlich, vorsichtig und beinahe lautlos die Tür öffnete, auf Zehenspitzen zur Wanne huschte und argwöhnisch hineináugte. Nichts. Er trat näher. Alles blieb ruhig. Ja, er klopfte schließlich sogar mit dem Knöchel des gekrümmten Zeigefingers an die Wanne, ohne eine Reaktion hervorzurufen.

„Scheiß Sauferei", brummte er vor sich hin, als er sich dem Frühstück widmete.

Das irre Spiel ging nun Wochenende für Wochenende, wobei Bram immer mutiger wurde und irgendwann schlagartig kapierte, dass es einen Zusammenhang zwischen den Saufgelagen und dem Wannenzauber geben musste, denn das Phänomen trat nur auf, wenn er sturzbetrunken gewesen war. Inzwischen hatte er auch herausgefunden, dass Crazy Blue ein Dämon war, der, ganz nach Wunschgedanken seines Gegenübers, perfekte Illusionen erzeugen konnte. Nicht einmal die Tatsache, einen Dämon im Haus zu haben, störte Bram. Im Gegenteil! Er genoss dessen magische Wunder mit jedem Mal mehr.

Also soff er sich zu Testzwecken auch manchmal mitten in der Woche einen gewaltigen Rausch an, um die grandiosen Bilder auf dem Acryl seiner Wanne bewundern zu können, die schließlich sogar eine Art Videosequenz darstellten und Bram ein Gefühl von Urlaub und Unabhängigkeit vermittelten. Dass die dämonische Lache hinterher immer lauter und hämischer erklang, merkte er nicht.

Nach einem Vierteljahr gab es das erste Mal Ärger mit dem Chef, weil Bram mit einer weithin wehenden Alkoholfahne zum Dienst erschien. Er wurde nach Hause geschickt. Doch, statt auszunüchtern, öffnete er die nächste Flasche, legte sich in die Wanne und ließ sich einen weißen Palmenstrand in der Karibik zaubern, nebst drei heißen Girls, die ihn mit allem verwöhnten, was sein Herz begehrte.

Es dauerte auch nur wenige Tage, bis Bram fristlos entlassen wurde und fast gar nicht mehr aus dem Haus ging. Stattdessen hockte er in der Wanne und führte endloses Palaver mit Crazy Blue, der spürte, sein Opfer sicher am Haken zu haben. Die letzten Freunde hatten sich inzwischen von Bram abgewandt, weil sie merkten, dass er keine Vernunft annehmen wollte und stattdessen vehement versuchte, sie mit seinem Mitbewohner Crazy bekannt zu machen.

„Ich halte mich raus", wehrte sogar der Obdachlose ab, der hin und wieder eine Flasche Klaren mit Bram geleert hatte. „Hab keinen Bock, Ärger mit den Bullen zu kriegen. Du siehst doch ganz so aus, als ob dir dein Kumpel Drogen vertickt." Dabei ließe er den rechten Zeigefinger neben seiner Schläfe kreisen, um anzudeuten, dass Bram offensichtlich einen gewaltigen Riss in der Schüssel hatte.

„Dann verrecke doch unter deiner Brücke!",
hatte Bram mit schwerer Zunge gelallt, noch
einen Schluck genommen und war auf allen
vieren die Treppe zu seiner Wohnung im dritten
Stock hinaufgekrochen, wo er sich gleich in
voller Montur in die Wanne wälzte.

Crazy Blue erschien, und diesmal wörtlich,
kaum dass die ersten Tropfen aus dem Hahn
quollen. Er quetschte seinen Oberkörper aus
dem Ablauf, wie der blaue Dschinn aus Aladins
Wunderlampe, stemmte beide Ellenbogen auf,
legte seinen gehörnten Kopf in die Hände,
betrachtete mit spöttischen Blick Bram und
kicherte.

Bram hielt ihm die Flasche Fusel hin. „Komm,
Bruder, trink einen mit!"

„Geht nicht, bin im Dienst", bekam er zur
Antwort.

„Im was???" Bram riss die Augen auf. „Was
machst'n du?"

„Bin heute als Fremdenführer unterwegs. Soll
einen Menschen sicher in unsere Welt geleiten",
feixte Crazy. „Wäre furchtbar, wenn er sich
verliefe."

„Heißt das, du dampfst gleich wieder ab und
ich schiebe Langeweile?"

„Scheint so." Crazy wand sich mit einer
drehenden Bewegung ganz aus dem Rohr und
hockte sich auf den Wannenrand. „Hab echt
keine Zeit! Bis demnächst!"

Bram sprang auf. „Was soll'n das jetzt?! Bin ich dem feinen Herrn nicht mehr gut genug?" Er wollte Crazy folgen, der Richtung Küche verschwunden war. Dabei rutschte er in der Wanne aus, schlug einen Salto und knallte mit solchem Schwung mit dem Kopf auf die Fliesen vor der Wanne, dass es ihm den Schädel spaltete.

Im Bruchteil eines Wimpernschlags war Crazy Blue zur Stelle, begutachtete die verkrümmte Leiche in ihrem Blut und meinte lakonisch: „Oh ha, rote Brühe hatten wir noch gar nicht. Steht dir aber gut. Na, wenigstens hab ich meinen Auftrag erfüllt, dich sicher in meine Welt zu bringen." Dann sprang er kopfüber in den Abfluss, um nach neuen Opfern auszuspähen.

Iris Fritzsche

Polizeibericht

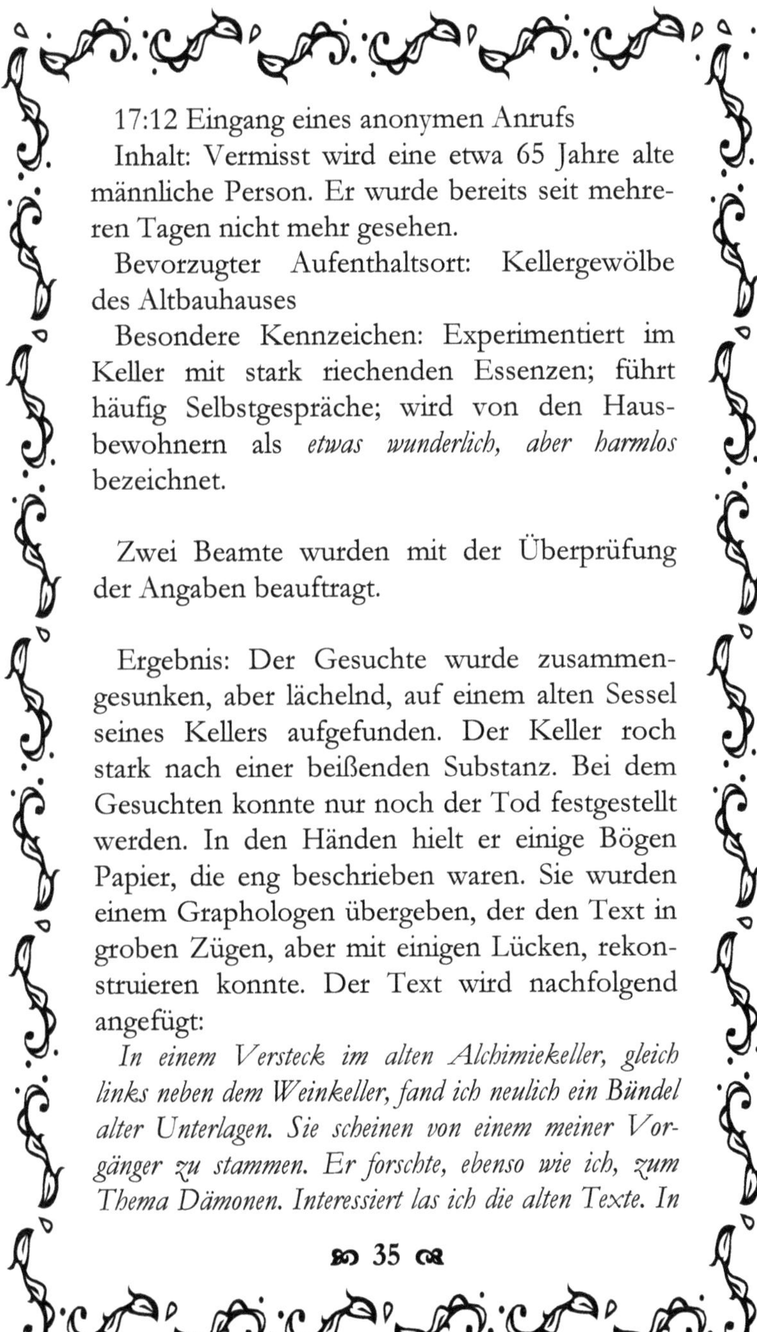

17:12 Eingang eines anonymen Anrufs

Inhalt: Vermisst wird eine etwa 65 Jahre alte männliche Person. Er wurde bereits seit mehreren Tagen nicht mehr gesehen.

Bevorzugter Aufenthaltsort: Kellergewölbe des Altbauhauses

Besondere Kennzeichen: Experimentiert im Keller mit stark riechenden Essenzen; führt häufig Selbstgespräche; wird von den Hausbewohnern als *etwas wunderlich, aber harmlos* bezeichnet.

Zwei Beamte wurden mit der Überprüfung der Angaben beauftragt.

Ergebnis: Der Gesuchte wurde zusammengesunken, aber lächelnd, auf einem alten Sessel seines Kellers aufgefunden. Der Keller roch stark nach einer beißenden Substanz. Bei dem Gesuchten konnte nur noch der Tod festgestellt werden. In den Händen hielt er einige Bögen Papier, die eng beschrieben waren. Sie wurden einem Graphologen übergeben, der den Text in groben Zügen, aber mit einigen Lücken, rekonstruieren konnte. Der Text wird nachfolgend angefügt:

In einem Versteck im alten Alchimiekeller, gleich links neben dem Weinkeller, fand ich neulich ein Bündel alter Unterlagen. Sie scheinen von einem meiner Vorgänger zu stammen. Er forschte, ebenso wie ich, zum Thema Dämonen. Interessiert las ich die alten Texte. In vielen Dingen kam er zu ähnlichen Ergebnissen. Fazit: Mit diesen Dämonen ist das so eine Sache. Ihr Leben scheint erheblich länger als ein Menschenleben zu sein. Echte, alte Dämonen sind für das menschliche Auge nicht sichtbar. Sie existieren mit uns, neben uns, in uns. Und damit sind wir bei dem entscheidenden Punkt. Weil sie, wie man es nennt, feinstofflicher Natur, sind, können sie in uns existieren. Sie brauchen keine Möbel, kein Essen, kein Trinken in dem Sinne, wie wir es kennen. Was sie benötigen, ist ein Körper, in dem sie sich wohlfühlen. Mit dem gehen sie so etwas wie eine Symbiose ein. Nur haben sie den Vorteil, diesen auf eigenen Wunsch verlassen zu können. Oder mit einem anderen ihrer Art, den Körper zu tauschen.

... Kommen wir noch einmal auf das sehr interessante Thema Symbiose zurück. Das kann man sich so vorstellen, dass der Dämon Einfluss auf seinen Wirtskörper zu nehmen im Stande ist. Wir können diese Einflussnahme sogar aktiv wahrnehmen. Entweder nennen wir es „unsere innere Stimme" oder „Bauchgefühl". Dämonen können nämlich etwas, was wir nicht wirklich können. Sie sehen ihre Mitdämonen im Körper eines anderen Menschen. Auf diesen reagieren sie mit eben unserem „Bauchgefühl". ...Und wie es bei Magneten, einen Plus- und einen Minus-Pol gibt, gibt es auch positive und negative Dämonen. Einige Dämonen haben sogar Namen von uns Menschen bekommen. Sie heißen Angst, Furcht, Wut, Scheu, Liebe oder Zärtlichkeit. Inwiefern damit bereits alle benannt sind? Keine Ahnung!

In dieser alten Schrift steht, dass es nur sehr wenige Dämonen gibt. Daraus ergibt sich die Frage: „Weshalb haben fast alle Menschen einen?" Ich meine, herausgefunden zu haben, dass es zwar sehr wenige Arten oder Familien von Dämonen gibt, diese aber weit verzweigt sind, ähnlich wie menschliche Familien. Und sie können scheinbar untereinander eheähnliche Verbindungen eingehen, aus denen dann wiederum kleine Dämonenbabys hervorgehen (Wie machen sie das??) ... Nur so ist die Vielzahl zu erklären. Wie das aber genau funktioniert, ist eine Aufgabe, die der weiteren Dämonenforschung überlassen werden muss. ...In früheren Jahrhunderten war es einfacher möglich, Dämonen zu erkennen als heute, besonders die negativen. Diese Eigenschaft des Erkennens hatten nicht nur Priester, sondern auch manche einfache ungebildete Dorfbewohner. Natürlich erhielten sie diese „Gabe" von den ihnen innewohnenden eigenen Dämonen. Dabei spielte so etwas wie Familienrivalitäten zwischen einzelnen Dämonenfamilien eine wesentliche Rolle. Auch wohnten in manchen Menschen mehrere Dämonen zur selben Zeit. Heute würde man dieses als Dämonen-Wohngemeinschaft oder kurz D-WG bezeichnen.

*

Seit Tagen schon quälen sie mich meine Dämonen. Ich dachte, sie begrüßen es, wenn ich sie erforsche und meinen Mitmenschen näher bringe. Aber das genaue Gegenteil scheint der Fall zu sein. Sie zwicken und zwacken, kneifen in meinen Gedärmen, hämmern in meinem Kopf. Und es scheint ihnen auch noch Freude zu bereiten. Je mehr ich mich mit allen möglichen Mitteln gegen ihre

Bosheit wehre, um so heftiger treiben sie es. So wird von ihnen also Wohlwollen vergolten! Ich lege mich jetzt ins Bett und versuche zu sterben.

*

Hurra, ich bin nicht tot! Stattdessen habe ich etwas gelernt. ... Sie wollten mir nur begreiflich machen, wie weit ihr Einfluss auf unseren Körper reichen kann. Sie spielen mit ihm, wie unsere Kinder mit ihren Spielsachen. Ich will kein Spielzeug der Dämonen sein! Ich will aber auch keine Flasche sein, in der ein frecher Flaschenteufel sitzt und uns nach Belieben die Zunge heraus steckt. Ich will eine echte Symbiose, bei der jede Seite zum gemeinsamen Wohl beiträgt. Wie aber stelle ich das an? Ich muss versuchen eine Verständigung zu ihnen aufzubauen.

*

Hurra, es ist gelungen! Ich habe endlich eine Möglichkeit gefunden, wie ich mit ihnen kommunizieren kann. Die Methode ist zwar etwas unangenehm, aber ein Anfang. Wir haben uns auf eine Art Ja-Nein-System geeinigt. Wenn sie mir bei einer gewonnenen Erkenntnis zustimmen, bekomme ich ein kurzes Schluckauf. Liege ich falsch, gibt es Sodbrennen. Na ja, damit ist die Verständigung zwar etwas einseitig, aber es ist ein Anfang.

Heute hatte ich drei Mal Schluckauf und zwei Mal Sodbrennen. Schluckauf gab es für die Frage, ob sie sich bei mir wohlfühlen, ob sie meine Gedanken lesen können und ob mehrere in mir wohnen. Sodbrennen für ob sie an meiner Nahrung und ihrer Verdauung teilhaben und ob sie sich sichtbar machen können. Nach ihrem Alter wollte ich lieber nicht fragen, sonst würde ich wahrscheinlich bis morgen früh mit Schluckauf-Zählen beschäftigt sein.

*

Endlich! Der Durchbruch ist geschafft! Meine Dämonen gaben mir heute Nacht einen Traum. Darin erhielt ich ein gar wunderliches Rezept mitgeteilt. Ich hatte schon Angst, dass ich es beim Aufwachen vergessen würde. Aber sie sorgten dafür, dass ich es noch weiß. Ich soll einen Trank aus Petersilie, Chili, frischen Froschschenkeln, Fliegenpilzen und noch ein paar anderen zubereiten. Dieser ist in mehrfacher Hinsicht anzuwenden. 1/3 davon soll ich ins Badewasser geben, mit 1/3 die Haare waschen und das letzte Drittel ist für die innere Anwendung. Sprich, ich soll es trinken. Ich bin ja so aufgeregt! Was wird dann wohl passieren? Keine Zeit für weitere Notizen. Jetzt schnell los und die Zutaten besorgen.

*

Drei Tage sind vergangen, seit ich das Rezept erhalten habe. Jetzt habe ich alles beieinander. Am schwierigsten war es, die Froschschenkel zu bekommen. In unserem Dorfteich wohnen schon länger keine mehr. Glücklicherweise entdeckte ich beim Pilze sammeln im Wald einen verwilderten kleinen Teich. In dem auch lauthals jede Menge der Quackser ein Konzert gaben. Mit dem leeren Pilzbeutel watete ich hinein. Mit einem gefüllten wieder heraus. Meine Sachen waren zwar klatschnass, weil ich bei der Fangaktion mehrmals ausgerutscht bin, doch was soll's. Nach dem ich die Frösche von ihren Schenkeln getrennt hatte, habe ich im gleichen Beutel

Es ist davon auszugehen, dass der alte Mann
bei seinem Experiment selbst zu Tode kam. Ein
Fremdverschulden kann somit ausgeschlossen
werden.

Die Akte kann damit geschlossen und abgelegt
werden.

Michael Gimmel

Die 12 Artikel der Dämonologie

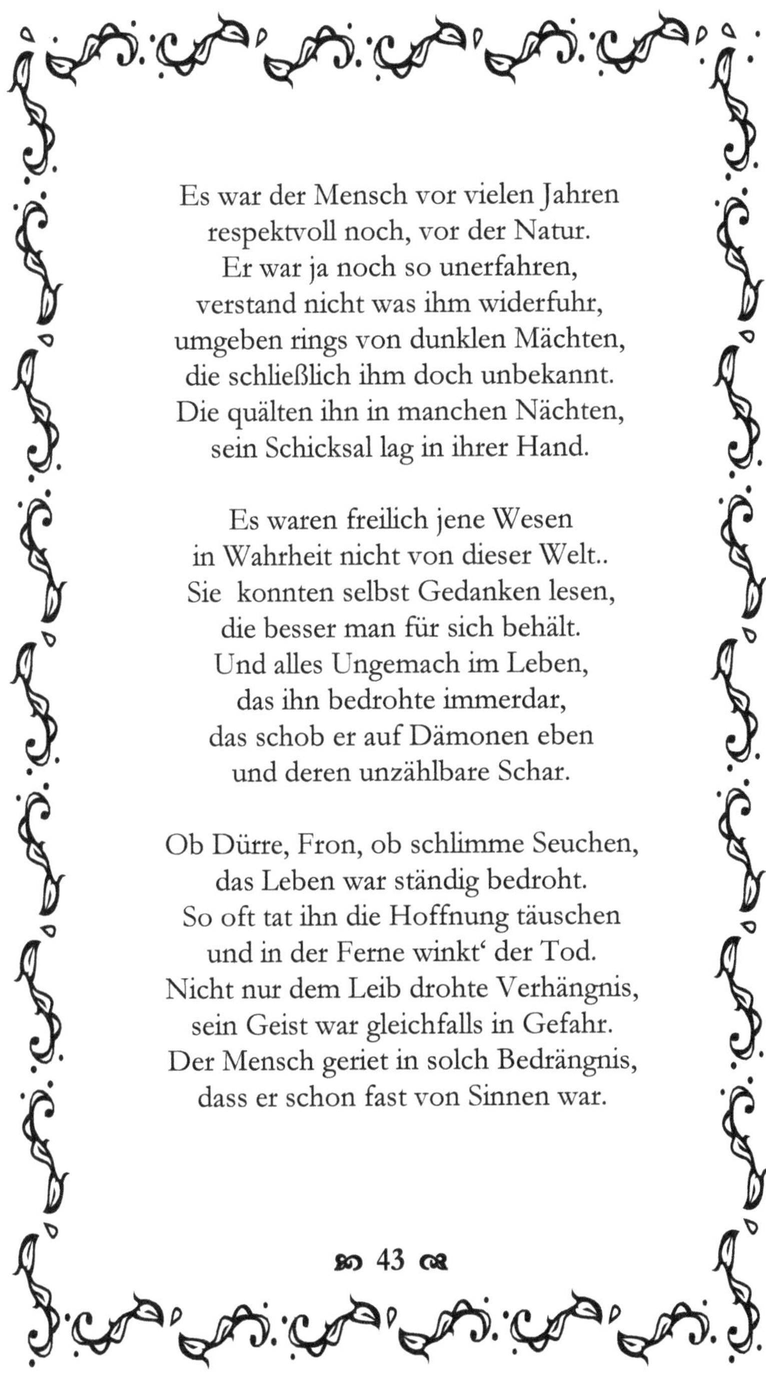

Es war der Mensch vor vielen Jahren
respektvoll noch, vor der Natur.
Er war ja noch so unerfahren,
verstand nicht was ihm widerfuhr,
umgeben rings von dunklen Mächten,
die schließlich ihm doch unbekannt.
Die quälten ihn in manchen Nächten,
sein Schicksal lag in ihrer Hand.

Es waren freilich jene Wesen
in Wahrheit nicht von dieser Welt..
Sie konnten selbst Gedanken lesen,
die besser man für sich behält.
Und alles Ungemach im Leben,
das ihn bedrohte immerdar,
das schob er auf Dämonen eben
und deren unzählbare Schar.

Ob Dürre, Fron, ob schlimme Seuchen,
das Leben war ständig bedroht.
So oft tat ihn die Hoffnung täuschen
und in der Ferne winkt' der Tod.
Nicht nur dem Leib drohte Verhängnis,
sein Geist war gleichfalls in Gefahr.
Der Mensch geriet in solch Bedrängnis,
dass er schon fast von Sinnen war.

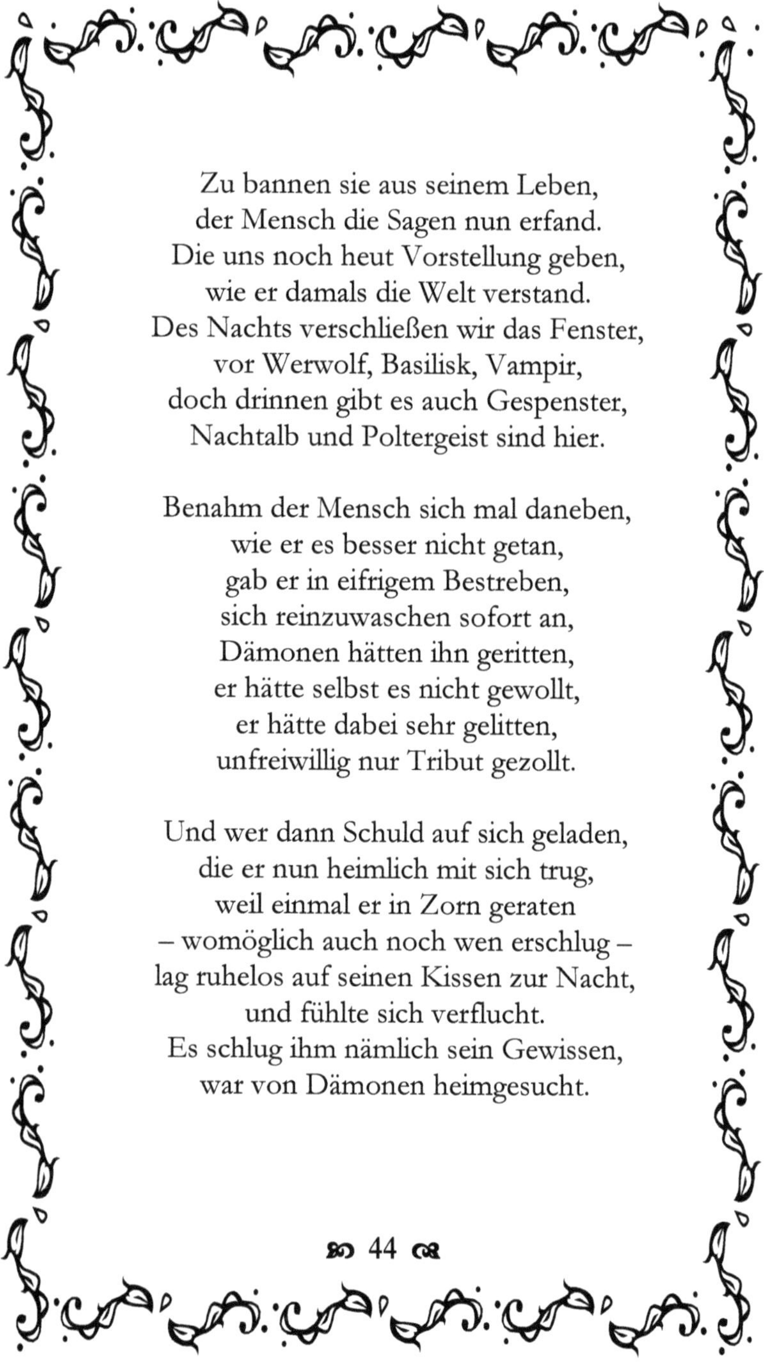

Zu bannen sie aus seinem Leben,
der Mensch die Sagen nun erfand.
Die uns noch heut Vorstellung geben,
wie er damals die Welt verstand.
Des Nachts verschließen wir das Fenster,
vor Werwolf, Basilisk, Vampir,
doch drinnen gibt es auch Gespenster,
Nachtalb und Poltergeist sind hier.

Benahm der Mensch sich mal daneben,
wie er es besser nicht getan,
gab er in eifrigem Bestreben,
sich reinzuwaschen sofort an,
Dämonen hätten ihn geritten,
er hätte selbst es nicht gewollt,
er hätte dabei sehr gelitten,
unfreiwillig nur Tribut gezollt.

Und wer dann Schuld auf sich geladen,
die er nun heimlich mit sich trug,
weil einmal er in Zorn geraten
– womöglich auch noch wen erschlug –
lag ruhelos auf seinen Kissen zur Nacht,
und fühlte sich verflucht.
Es schlug ihm nämlich sein Gewissen,
war von Dämonen heimgesucht.

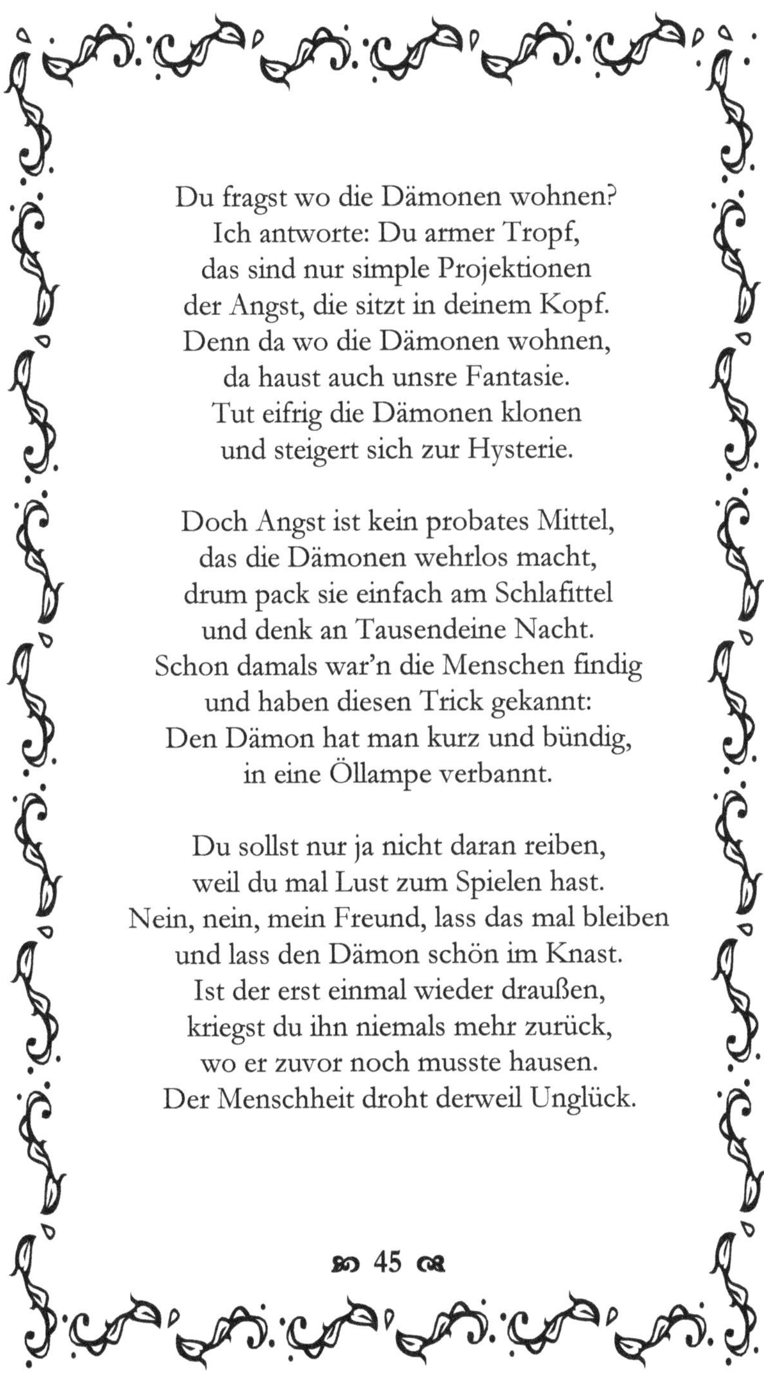

Du fragst wo die Dämonen wohnen?
Ich antworte: Du armer Tropf,
das sind nur simple Projektionen
der Angst, die sitzt in deinem Kopf.
Denn da wo die Dämonen wohnen,
da haust auch unsre Fantasie.
Tut eifrig die Dämonen klonen
und steigert sich zur Hysterie.

Doch Angst ist kein probates Mittel,
das die Dämonen wehrlos macht,
drum pack sie einfach am Schlafittel
und denk an Tausendeine Nacht.
Schon damals war'n die Menschen findig
und haben diesen Trick gekannt:
Den Dämon hat man kurz und bündig,
in eine Öllampe verbannt.

Du sollst nur ja nicht daran reiben,
weil du mal Lust zum Spielen hast.
Nein, nein, mein Freund, lass das mal bleiben
und lass den Dämon schön im Knast.
Ist der erst einmal wieder draußen,
kriegst du ihn niemals mehr zurück,
wo er zuvor noch musste hausen.
Der Menschheit droht derweil Unglück.

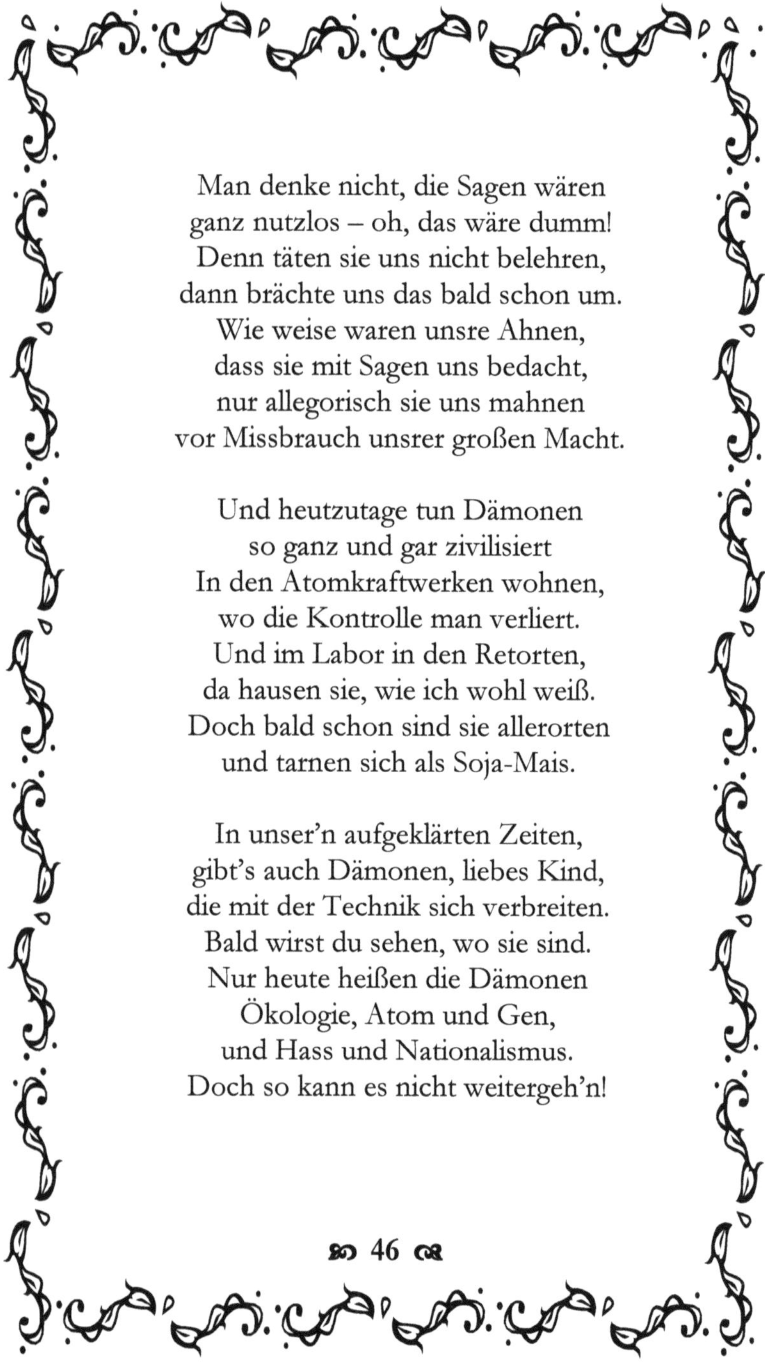

Man denke nicht, die Sagen wären
ganz nutzlos – oh, das wäre dumm!
Denn täten sie uns nicht belehren,
dann brächte uns das bald schon um.
Wie weise waren unsre Ahnen,
dass sie mit Sagen uns bedacht,
nur allegorisch sie uns mahnen
vor Missbrauch unsrer großen Macht.

Und heutzutage tun Dämonen
so ganz und gar zivilisiert
In den Atomkraftwerken wohnen,
wo die Kontrolle man verliert.
Und im Labor in den Retorten,
da hausen sie, wie ich wohl weiß.
Doch bald schon sind sie allerorten
und tarnen sich als Soja-Mais.

In unser'n aufgeklärten Zeiten,
gibt's auch Dämonen, liebes Kind,
die mit der Technik sich verbreiten.
Bald wirst du sehen, wo sie sind.
Nur heute heißen die Dämonen
Ökologie, Atom und Gen,
und Hass und Nationalismus.
Doch so kann es nicht weitergeh'n!

Nancy Meissner

So schön, doch auch so tödlich

Dieser Mann, dieser Duft und diese Ausstrahlung. Ich kann mich kaum beherrschen! Jeden einzelnen verdammten Tag ringe ich mit mir, ihn nicht anzufallen. Er ist die pure Verführung und doch muss ich meine Finger von ihm lassen. Wir sind doch Arbeitskollegen und es ist strikte Vorschrift, Arbeit und Privatleben voneinander zu trennen. Sollten wir etwas miteinander anfangen, würde uns das den Job kosten. Ich habe doch aber gerade meine leitende Position ergattert und das war ein hartes Stück Arbeit gewesen.

Ich leitete nun seit wenigen Wochen das Redaktionsteam einer internationalen Tageszeitung. Wir waren ein gut eingespieltes Team und arbeiteten schon lange zusammen. Dass ich das Team nun leitete war ungewohnt, aber meine Kollegen mochten und respektierten mich. Also alles gar kein Problem. Bis auf das ich nun mit Oba noch enger zusammenarbeiten musste. Oba ist ein überaus attraktiver Mann. Er hat einen merkwürdigen Namen, aber das mag in seinem Herkunftsland vielleicht ein ganz gewöhnlicher Name sein. Woher er kommt? Ich weiß es nicht. Irgendwie scheint das niemand zu wissen. Offenbar noch nicht mal unser ganz oberster Chef, der ihn eingestellt hat. Oba ist wahnsinnig geheimnisvoll. Er ist stets freundlich, hat immer ein nettes Lächeln auf den Lippen und reißt auch gerne mal den einen oder anderen Witz. Dennoch ist er ein großes

Geheimnis für uns alle. Sämtliche Fragen über sein Leben außerhalb der Arbeit beantwortet er nicht. Er verbringt auch keine Zeit mit uns Kollegen, wenn es nichts mit der Arbeit zu tun hat. Er trennt Privatleben und Arbeit sehr genau. Und deswegen werde ich wohl auch nie eine Chance bei ihm haben.

Es ist schon fast soweit, dass ich meinen Job für diesen Mann aufgeben würde. Hätte Oba wohl Interesse an mir, wenn ich nicht mit ihm zusammenarbeiten würde? Wir waren so ziemlich gleichgestellt, was die berufliche Position angeht. Zusammen könnten wir gut von unseren Gehältern leben. Wir könnten es uns leisten, in einem schönen Haus mit großem Garten zu leben. Dazu zwei süße Kinder und einen knuffigen Hund. Hach, was für ein Traum! Doch wahr werden wird er wohl nie. Selbstverständlich gebe ich meinen Beruf nicht für einen Mann auf, auch wenn der Gedanke sich schon das eine oder andere Mal einschleicht.

Oba ist ein großer muskulöser Mann mit leuchtend blauen Augen, heller Haut und pechschwarzen Haaren, die ihm in sanften Wellen in den Nacken fallen. Er ist schön, beinahe makellos. Und doch stimmt irgendetwas nicht an ihm. Er ist zu schön, um wahr zu sein, und trotzdem passt das alles nicht zusammen. Der Name Oba klingt so südländisch. Auch das schwarze Haar spricht dafür. Doch die helle, blasse Haut und die strahlenden blauen Augen stehen im absoluten Gegensatz dazu. Doch noch geheimnisvoller als sein Aussehen, sind sein Charakter und sein Leben an sich. Manchmal habe ich das Gefühl, als würde er mit mir flirten. Er kommt mir so nahe, mit seinen Blicken, seinem Lächeln und auch mit seinem wohlduftenden Körper. Und doch fragt er mich nicht, ob ich mit ihm ausgehen will.

Ich muss einfach wissen, was mit diesem Menschen los ist. Was verbirgt er vor uns? Es ist, als ob er aus einer anderen Welt stammt. Heute werde ich herausfinden, wo er wohnt und was er nach der Arbeit so macht. Ich habe vor, ihm heimlich zu folgen. Nur so kann ich erfahren, ob er gut lebt oder gar aus dem Sozialviertel kommt. Um 19 Uhr ist Feierabend. Zumindest ist es so angedacht. In einer so großen Redaktion kann sich der Feierabend aber auch mal gut und gerne um einige Stunden nach hinten verschieben. Aber auch dann laufe ich diesem Mann heute hinterher. Ich habe nichts vor und morgen kann ich ausschlafen, da die Arbeit am Samstag immer erst um elf Uhr beginnt. Ich habe also die ganze Nacht lang Zeit.

Wie schon gedacht, kam der Feierabend doch erst spät. Es war bereits 21:30 Uhr und draußen war es bereits dunkel und kühl. Oba verließ als einer der Letzten das Gebäude und ich klemmte mich sozusagen an ihn. Unauffällig folgte ich ihm. Er war zu Fuß unterwegs und lief beinahe lautlos durch die Nacht. Es war für mich schier unmöglich, noch leiser zu sein als er. Hoffentlich hörte er mich nicht. Wie kann ein so großer, kräftiger Mann sich nur so lautlos durch die Nacht bewegen? Fast so als würde er schweben, kam es mir vor. Schade, dass der Boden aus festem Beton gefertigt war. Mich hätte es schon interessiert, ob er überhaupt Fußabdrücke hinterließ. Oh Mann, mach dich nicht lächerlich! Ein Mensch kann nicht schweben. Und so unwahrscheinlich, wie dieser Mann auch zu sein schien, dass er ein Mensch ist, war ja wohl offensichtlich. Was sollte er auch sonst sein? Irgendein Monster? Lachhaft, da ich an solche Kuriositäten einfach nicht glaubte.

In dieser Nacht änderte sich meine Ansicht aber ganz gewaltig, denn tatsächlich fand ich heraus, was es mit Oba auf sich hat. Ich sah das Grauen, ich sah das Böse, ich sah den Tod! Ich kann euch eines sagen, Oba ist kein Mensch! Es ist nicht mal sein richtiger Name. Kein Wunder, das ich keine Herkunft aus seinem Namen ziehen konnte. Oba ist ein Ort in der Türkei. Dort lässt es sich wunderbar Urlaub machen. Aber ein Name ist es nicht. Und schon gar nicht der wirkliche Name meines attraktiven Arbeitskollegen. Es handelt sich dabei um eine Abkürzung. Der wahre Name lautet Obayifo. Der eine oder andere wird nun wissen, von wem hier die Rede ist. Wer es noch nicht weiß, soll es nun erfahren.

Obayifo ist kein Mensch, sondern ein Dämon. Er ist ein Vampir, der nachts durch die Straßen streicht und nach kleinen Kindern Ausschau hält. Er ist ein gieriger Blutsauger, der es auf junges, unschuldiges Blut abgesehen hat. So viele Kinder werden Tag für Tag vermisst. Und die traurige Wahrheit ist, dass sie niemals mehr aufgefunden werden. Zumindest nicht lebend! Es ist erschütternd und unglaublich, wie grausam Oba ist. Ich musste das Grauen mit ansehen. Er verschwand in einem kleinen Haus, in einer dunklen Gasse. Nur wenige Minuten später trat er wieder heraus. In den Armen hielt er einen kleinen Jungen. Er bewegte sich nicht. Er lebte, war aber wie hypnotisiert. Obayifo biss ihm in den Hals, drückte den kleinen hilflosen Körper an sich und saugte ihn aus. Den leblosen Körper ließ er anschließend blitzschnell verschwinden.

Ich konnte nicht mehr. Ich wollte nicht mehr sehen, ich wollte ihn nicht mehr sehen. Nie wieder würde ich das Büro betreten, in dem ich ihn jeden Tag sehen müsste. Ich konnte nichts gegen ihn unternehmen. Würde ich es versuchen, würde er mich töten, wie die armen Kinder, die er sich nachts immer schnappte. Eltern passt auf eure Kinder auf, es geht ein Killer um!

Gerade als ich davonlaufen wollte, entdeckte Oba mich. Oder hatte er mich schon lange zuvor entdeckt gehabt? Er schaute mir tief in die Augen und ich konnte mich nicht rühren. Wieder wollte ich nichts mehr, als ihn zu spüren. Ich wollte seinen Körper, seine Seele und ich wollte ihm gehören.

So geschah es dann auch. Liebevoll zog er mich zu sich heran. Er biss mir schon fast leidenschaftlich in den Hals und saugte mir das Blut aus den Adern. Doch er tötete mich nicht. Er machte mich zu einer von ihnen. Ein Dämon, ein Monster, das sich von reinem Blut ernährt. Er machte mich mit seinem Biss zu seiner grauenhaften blutrünstigen Braut und raunte mir zu, dass er schon so lange drauf gewartet hatte.

Obayifo ist nun nicht mehr länger allein. Gemeinsam gehen wir unseren Weg. Wir sind normale Menschen am Tag und die schrecklichsten Monster auf der Welt, wenn es Nacht wird.

Arno Zirm

Biologie ungenügend

Daran erinnere ich mich ganz deutlich: Biologie war in der Schule nicht meine Stärke. Ich weiß noch, dass es da tolle Bilder gab in den Büchern. Da hätte Interesse an Bio entstehen können. Aber verlangt wurde nicht Bewundern, sondern Wissen um Diaphragmen, Zellkerne, Arten und Klassen in quälender Präzision. Spaß am Lernen hat das nicht gebracht.

So bin ich halt jetzt nicht in der Lage, zu bestimmen, was da gerade für ein Wurm sich an meinen Rippen zu schaffen macht. Wohlgemerkt, ohne Furcht vor den Ameisen zu haben wie andere. Na vielleicht erkenne ich da im Lauf der Zeit Zusammenhänge. Könnte ganz interessant sein. Die Ameisen dagegen scheinen doch nicht so viel Stoff zum Nachdenken herzugeben, wie immer behauptet wird. Freilich bin ich ihnen irgendwie dankbar. Immerhin haben sie sehr sauber gearbeitet. Das ja. Doch eben ohne überraschende Erkenntnisse.

Bei den Regenwürmern, diesen lustigen Burschen, gibt's dagegen immer wieder mal was Neues. Wie würden die Experten staunen, dass die miteinander reden können! Ja natürlich nicht labern, wie unsereins damals. Aber wenn zwei sich näher als einen halben Meter kommen und sich etwa parallel zueinander ausrichten, bildet sich da so was wie eine Antennenwirkung aus. Und los geht's. Auch unter der Erde! Hat mit Funk natürlich nichts zu tun, logisch. Verstehen kann ich da nichts, ist ja klar, aber in meiner Aura empfange ich die Schwingungen.

In Chemie hatten wir übrigens damals einen Lehrer, der war nun das ganze Gegenteil vom Biopauker. Der hat uns zeigen können, wo es Zusammenhänge gab, an denen man sich quasi von einem Molekül zum Anderen hangeln konnte, ohne abzustürzen. Da hat man auch Freude empfinden können, wie Details zusammenpassen und ein Gesamtbild ergeben. Und man hat Schönheit erkannt, wo andere Leute entsetzt die Luft zerwedelten. Deshalb bin ich ja dann Lehrling in der Chemie geworden.

Das war dann schon sehr hilfreich bei meinen Experimenten. Und dazu die Physik, die mochte ich ja auch schon immer. Freilich mehr die elektrische Seite als die mechanische. Die war natürlich brauchbarer in Kombination mit der Chemie. Dadurch konnte ich in den alten Büchern doch Etliches herauslesen und mit Sinn erfüllen. Ich staune heute noch, dass solche irren Schinken in unserer Werksbibliothek damals herumstanden. Durch welche ulkigen Zufälle mögen die wohl dahin gekommen sein. Jedenfalls sind sie nicht in irgendwelchen staubigen Museumsecken gelandet. Gut für mich. Ein sauber gefeilter Nachschlüssel und schwupp.

An solches Zeug wie Vorbestimmung oder Schicksal glaube ich ja nicht. Da waren halt die Bücher, da war ich, lesen konnt' ich, kombinieren auch. Klar, fix und fertig stand da das Rezept für die Auratrennung nicht, da hab ich 'ne Menge Buchstaben fressen müssen, um das zu erkennen. Zauberbücher gibt's nur im Märchen. Wie schön, dass ich in der Lehre dann das Praktische lernen konnte, das man halt braucht, um was zusammenzurühren und mit welchen Geräten und Werkzeugen. Schon irgendwie lustig.

Wenn ich so zurückdenke, muss ich doch zugeben, dass es mich echt überrascht hatte, dass mit reiner Chemie und etwas Strom die Sache klappen soll. Aber schon beim ersten Versuch - das hätt' ich nicht gedacht! Ich wollte ja erstmal nur so ein paar Stunden rumgeistern, während der Rest von mir schläft. Aber nix - *Pardautz, da fiel die Lampe um*, wie der olle Wilhelm Busch sagte. Nur dass ich die Lampe war.

Na schön, nun hocke ich halt hier. Nee, hocken ist Quatsch. Ist einfach so, dass man tagsüber aus purer Gewohnheit dahin schwirrt, wo die Knochen liegen. Oder aus Faulheit, sich umzugewöhnen. Erstaunlich, was man noch so mitschleift an alten Gewohnheiten. Geht den anderen hier genauso. Gibt oft ziemliches Gelächter, wenn wir von *alten Zeiten* reden. Was einem aber auch alles wichtig war zu Lebzeiten und was man sich als wichtig einreden ließ, nee aber auch! Und von was für Typen!

Ist leider nie allzulange Zeit, zu quatschen. Die Nacht ist kurz und wir haben zu tun. Aber es soll wohl bald geschafft sein. Dann ist der Große Kristall fertig, mit dem wir die Sonne ausschalten können. Da braucht man sich tags nicht mehr verkriechen. Na, mal seh'n. Auf ein Jahrhundert mehr oder weniger kommt's nicht an. Wichtig ist nur, dass wir dann die Anderen mit einem Schlag zu uns holen können. Die denken ja jetzt noch, sie wären lebendig. Ha - dass ich nicht kichere!

Die werden sich wundern ...

Udo Rupp

Wölfe & Dämonen

Als im frühen Mittelalter die Burgen aus Holz gebaut wurden, gab es hier im Grenzland der Sachsen zu den Slawen viele dieser Befestigungsanlagen aus Holz. Die Zeit ist vergangen, die Burgen sind verfallen. Nur an wenigen Stellen sind noch Überreste zu erkennen. Einige Ortsnamen geben Zeichen dieser Überreste. Die Ortsnamen mit der Endung »*-leben*« deuten auf einen Überrest, ein Überbleibsel, ein Überleben hin. Haldensleben, Ammensleben oder Barleben.

Im frühen Mittelalter hieß dieser Ort noch Partunleb. Es waren also die Überlebenden derer von Partun. Aus dem Stammsitz derer von Partun entwickelten sich die Ortsnamen Bardeleve, Bardeleben, Barleben.

Barleben lag an der wichtigen Handelsstraße von Böhmen nach Norddeutschland und an dem stark befahrenen Hauptarm der Elbe, der, bis ins sechzehnte Jahrhundert noch, unmittelbar an Barleben vorbei floss.

Östlich der Elbe bei Barleben dehnte sich eine weite Niederung aus - der Elbanger. Er wurde als Weideland für Rinder und Schafe genutzt. Daran schloss sich dichter Urwald an. Hier und dort wurde dieser Urwald von Nebenarmen der Elbe durchflossen. Dieser Urwald war so undurchdringlich, dass er nur von Wölfen und Bären bewohnt werden konnte.

Ein riesiger Wolf verbreitete dort Angst und Schrecken. Am hellen Tage hatte er Schafe von der Weide geholt. Ja, sogar Menschen soll er verschleppt haben. Man fand von denen, die er verschleppt hatte, nie eine Spur. Sie galten als in den Wäldern verschollen.

Ein junger Schäfer hütete am Waldrand seine Herde. Weil es schon früh am Abend war, wurde er von seinem Mädchen besucht. Sie trafen sich oft hier auf dieser Wiese und waren doch ganz anders als die übrigen Burschen und Mädchen.

Bosheit und Verderbtheit waren ihnen fremd. Sie waren arm aber glücklich, denn sie waren sich treu. Gerade als sie fröhlich plauderten, begann plötzlich sein Hund zu bellen und rannte wütend davon. Der Schäfer blickte hinterher. Er sah, wie der gefürchtete Wolf in die Herde einbrach und das beste Schaf davon schleppte.

Der Schäfer sprang auf, um mit dem Hütestab seine Herde zu verteidigen. Der Wolf ließ das Schaf fallen und trottete seitlich davon. Der Schäfer kniete nieder, um zu sehen, ob das Schaf noch zu retten war. Da hörte er vom Waldrand die Hilfeschreie seines Mädchens.

„Hilfe! Hilfe! Liebster hilf mir!“

Nun sah er, dass der Wolf seine Liebste in das Dickicht zerrte. Er lief, so schnell er konnte, um seiner Liebsten zu helfen. Doch der Wolf war mit ihr verschwunden.

Wie wahnsinnig suchte er im Wald nach Spuren. Aber es war dort schon viel zu dunkel. Er trieb die Herde nach Hause und bat die

Burschen und Männer des Dorfes, ihm bei der Suche zu helfen. Die hatten aber wenig Lust, es mit dem großen Wolf aufzunehmen.

Wohl aus Angst sagten sie: „Aber jetzt doch nicht mehr! Es ist doch schon viel zu dunkel!"

Am nächsten Morgen, noch in der Dämmerung, machte er sich auf die Suche. Allein, sein treuer Hund begleitete ihn. Mit der Spürnase des Hundes konnten sie die Fährte verfolgen. Von Zeit zu Zeit fanden sie einen Schuh oder ein Tuch des Mädchens und der Schäfer wusste, dass er auf dem richtigen Weg war.

Den ganzen Tag suchten sie, ohne an Essen oder Trinken zu denken. Nur mit der Hoffnung, das Mädchen zu finden. Der Schäfer merkte gar nicht, wie die Dämmerung hereinbrach. Als es schon ganz dunkel war, kam es ihm vor, als stünde er vor einem bewachsenen Felsen. Da er nichts mehr erkennen konnte, beschloss er, hier zu übernachten. Unter einem großem Busch, schlief er ein.

Mitten in der Nacht wurde er durch das Bellen seines Hundes geweckt. Er blickte sich um und sah hellen Fackelschein. Nun erkannte er, dass er nicht am Fuße eines Felsens übernachtet hatte, sondern am Rande einer Burg. Er hatte nie von einer Burg in dieser Gegend erfahren. Da er aber großen Hunger hatte, öffnete er den Riegel des Eingangstores und ging mit seinem Hund hinein.

Der Weg auf dem Innenhof führte in eine große Halle. Von dort führte eine breite Treppe nach oben. Als er diese hinaufsteigen wollte, sah er eine riesengroße Wölfin mit fünf jungen Wölfen, die ihn mit glühenden Augen ansah.

Er erinnerte sich, dass schon die Germanen die Wölfe als Mittler zwischen der Dämonenwelt und der Menschenwelt betrachteten. Schon wollte er umkehren und fliehen, da merkte er, dass die Wölfin ihn durch Kopfnicken aufforderte, weiter nach oben zu gehen. Er ging mit seinem Hund durch eine weitere Tür und kam in einen wunderschönen Saal mit festlich gedeckter Tafel.

Die Aufregung hatte ihn seinen Hunger vergessen lassen. Nun forderte ihn eine Stimme auf: „Greif zu! Iss und trink bis zur Sättigung!"

Er und sein Hund taten das nach Herzenslust. In der Ecke des Saales sah er ein bequemes Ruhebett. Er streckte sich aus und schlief sofort ein.

Als er erwachte, glaubte er, seinen Augen nicht zu trauen. Diener standen bereit und kleideten ihn in eine kostbare Rittertracht. Eine dritte Tür wurde geöffnet und ein Zug edler Damen und Herren trat herein. Dieser Zug wurde angeführt von einem alten Herrn mit langem weißen Bart.

An seiner Seite ein wunderschönes Edelfräulein. Der alte Herr legte die Hand des Edelfräuleins in die Hand des jungen Ritters und erklärte beide zu Mann und Frau. Dann wurden sie zur Hochzeitstafel geführt und der ehemalige Schäfer erfuhr die Aufklärung der Geschichte.

Der alte Herr war der Graf von Hildag, welcher eine Burg an der Elbe bewohnte. Er hatte einen einzigen Sohn, den er vor Jahren mit einem edlen Fräulein vermählen wollte. Der Sohn hatte es vorgezogen, ein einfaches Mädchen zu heiraten und sich mit ihr auf eine kleine Burg, der Wolfburg, zurückzuziehen. Der alte Graf hatte geschworen, diese Burg nie zu betreten.

Als der alte Graf während einer Jagd an der Wolfsburg vorbei kam, sah er dort die Gemahlin seines Sohnes mit fünf Kindern.

Er sprach den furchtbaren Fluch: „Ihr sollt als hungrige Wölfe der Schrecken des Landes werden, bis ein frommer Jüngling zur Mitternachtsstunde vor der Burg um Einlass bittet!"

Der Fluch war sofort in Erfüllung gegangen und die Wolfsburg von Urwald überwuchert worden. Nur Wölfe konnten sich dort noch ansiedeln.

Nun wurde auch erklärlich, dass das arme Mädchen des Schäfers gar keine Magd, sondern ein edles Fräulein von Partunleb gewesen, das durch widriges Schicksal als Kind verloren gegangen und in Armut aufgewachsen war.

Er verstand weiter, dass auch er kein Schäfer war, sondern der Sohn des Edlen von Külzau.

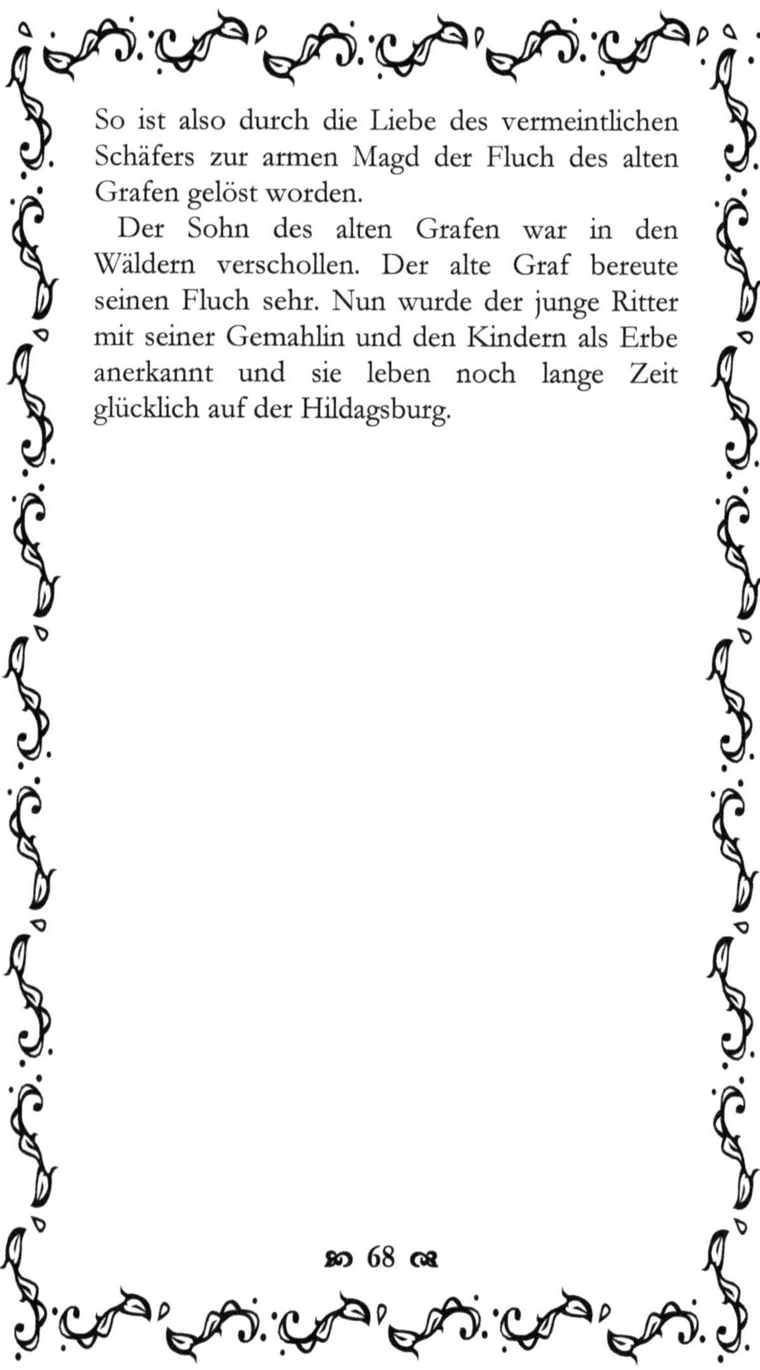

So ist also durch die Liebe des vermeintlichen Schäfers zur armen Magd der Fluch des alten Grafen gelöst worden.

Der Sohn des alten Grafen war in den Wäldern verschollen. Der alte Graf bereute seinen Fluch sehr. Nun wurde der junge Ritter mit seiner Gemahlin und den Kindern als Erbe anerkannt und sie leben noch lange Zeit glücklich auf der Hildagsburg.

Matthias Albrecht

Vom Dämon besessen

Erwarten Sie jetzt nicht, dass ich Ihnen ein kurzweiliges Märchen für Erwachsene erzähle. Ich möchte Ihnen lediglich in Bezug auf Dämonen einiges klarmachen. Etwas, dass Sie wissen müssen, um nicht in die Falle zu tappen und zum Opfer oder gar Täter zu werden.

Lachen Sie nicht! Wenn Sie nicht an Geister, Außerirdische, Hexen, Kobolde, Feen oder eben Dämonen glauben, heißt das noch lange nicht, dass diese lediglich den Federn, Stiften oder Tastaturen realitätsfremder Phantasten entsprungen sind. Wie oft mussten wir in der Vergangenheit vorgefasste Meinungen und Überzeugungen revidieren. Denken Sie nur an unsere Erde, die man jahrtausendelang für eine Scheibe hielt, bis man – spätestens seit Juri Gagarins Erdumrundung – eines Besseren belehrt wurde. Oder an den Quastenflosser, den man seit Jahrmillionen für ausgestorben hielt, bis ein Exemplar in den Dreißigern des vorigen Jahrhunderts als Beifang im Fischernetz zappelte. Nur zwei Beispiele von vielen.

Als Kinder haben wir an den Weihnachtsmann, den Osterhasen, die Zahnfee und den Klapperstorch (als nicht immer erwünschter Familienplaner) geglaubt. Und das so unerschütterlich, bis die Zeit der „Aufklärung“ kam und unser Weltbild in den Grundfesten erschütterte.

Schütteln Sie also nicht gleich mit dem Kopf oder machen eine abwertende Handbewegung, wenn Ihnen etwas Fantastisches zu Ohren kommt. Ansonsten könnte es Ihnen ergehen wie Frau Yeti, deren Mann von einem längeren Jagdausflug im Himalaja-Gebirge ohne Beute, außer Atem und völlig verstört nach Hause in die Höhle kommt und ausruft: „Stell dir vor, ich bin heute Reinhold Messner begegnet!" Worauf die Frau kreidebleich wird, die Augen aufreißt, sich die Hände gegen die behaarten Wangen schlägt und fassungslos stammelt: „Waaas? Den – den gibt 's wirklich?"

Allgemeinhin ist bekannt, was Dämonen tun, doch für die Unbedarften unter uns sei hier in Kurzfassung eine Grundkenntnis vermittelt: Dämonen ergreifen Besitz vom Unterbewusstsein der Menschen und treiben sie zu Taten, welche sie ansonsten nie begehen würden. Der Herr aller Dämonen ist der Satan. Auch Teufel, Beelzebub, Scheitan, der Leibhaftige, Mephisto oder Luzifer genannt. Als *gefallener Engel* und Gegenspieler Gottes ist er bemüht, mittels seiner Untergebenen in uns das Schlechte und Böse hervor zu kitzeln: Habgier, negativen Egoismus, Machtbestreben, Übervorteilung, Gewissenlosigkeit, Gefühlskälte und was dieser Dinge mehr sind. In früheren Zeiten ließ er sich seine Dienste von den Menschen per Kontrakt quittieren: Mit der Eigenblut-

Unterschrift seines Opfers. Heute geht er mit der Zeit und nutzt die Möglichkeiten von Facebook und diversen Internet-Foren. Da rennen ihm seine Opfer scharenweise die Höllenpforte ein.

Er hielt und hält allerdings auch stets seine Versprechen. Macht Mittellose wohlhabend, Schwache stark, Dumme zu Wissenschaftlern und Schüchterne zu Schürzenjägern. Im Gegenzug holte er sich nach dem Ableben seiner Opfer deren Seelen. Im Beispiel von Facebook auch schon mal zu deren Lebzeiten. Für ein paar Jahre oder Jahrzehnte des Wohlstands auf Erden büßen es die Vertragspartner des Leibhaftigen nun mit ewiger Verdammnis. Mit nie enden wollenden Höllenqualen. Das ist beileibe nicht lukrativ, das können Sie mir glauben! Ich möchte nicht wissen, wie viele es inzwischen bereut haben. Was heißt wie viele – natürlich bereuen es alle, während ihnen (tagtäglich aufs Neue) ein nach Pech und Schwefel stinkendes Höllenfeuer die Haut vom Fleisch brennt. Und das bei vollem Bewusstsein.

Wie auch immer. Ich will nicht davon sprechen, was Sie tun können, um dem Teufel im buchstäblich letzten Moment von der Kohlenschaufel zu springen. Das würde zu weit führen. Ich möchte Ihnen vielmehr den Weg aufzeigen, den Sie gehen können, ja müssen, damit es nicht erst dazu kommt.

Eigentlich sind es ganz einfache Regeln, die Sie zu beherzigen haben. Und ich spreche hier nicht vom regelmäßigen Zahlen der Kirchensteuer oder allsonntäglichen Besuch der Andacht und Einwerfen eines Obolus in den Opferstock. Es ist Augenwischerei zu glauben, dass dies zur Errettung der Seele führen könnte. So wie der Ablasshandel in früheren Zeiten nicht vor der ewigen Verdammnis schützte oder die Beichte und das hundertmalige Beten des *Ave Maria* die jeweilige Verfehlung ungeschehen machte. Dadurch ihr Gewissen zu beruhigen, vermögen nur die Gewissenlosen. Erkennen Sie das Paradoxe im letzten Satz? Es ist, als wolle man eine *Partei der Parteilosen* gründen, nicht wahr?

Ein Dämon fährt nicht einfach so mir nichts, dir nichts in einen Menschen. Er muss dazu heraufbeschworen werden. Und bevor Sie jetzt zu neugierig werden und in Erwartung einer *todsicheren* Herangehensweise frohlocken: Ich werde Ihnen nicht erklären, wie man dies bewerkstelligen kann. Wie ich auch keinem Bankräuber einen Tipp für *den Coup seines Lebens* geben werde. Vorausgesetzt, ich wüsste eine hundertprozentig sichere Verfahrensweise. Es ist mir nur daran gelegen, dass Sie begreifen: Wenn irgend jemand von einem Dämon besessen ist, hat er es in jedem Fall seinen

Mitmenschen zu verdanken. Es funktioniert in etwa wie ein personifizierter Voodoo-Zauber. Nur dass eben der Dämon die Rolle des Stecknadelpeinigers übernimmt.

Es ist für jemanden, der Dämonen beschwört, durchaus mit Gefahren für Leib und Leben verbunden. Doch das nur am Rande. Ich möchte je eben nicht, dass Sie dieses Ritual ausüben.

Die einzige Regel, sich vor der Besessenheit durch einen oder mehrere Dämonen zu schützen, lautet: Leben und leben lassen! Klingt recht unkompliziert, ist aber gar nicht so einfach zu bewerkstelligen. Natürlich ist es möglich, sich stets gesellschaftskonform zu verhalten, um einem Dämon keine Schwachstelle zu bieten, durch welche er in Körper und Geist eines Menschen einzudringen vermag. Doch hat ein jeder von uns, ob als Kind, Jugendlicher oder auch Erwachsener sicherlich schon einmal etwas getan, worauf er im Nachhinein nicht besonders stolz war: Vielleicht eine Kleinigkeit stibitzt, sich zum Ungehorsam verleiten lassen, seine Schwester geschlagen oder irgendeinen anderen Mist gebaut.

Schon klar, das mögen zumeist Jugendsünden gewesen sein, aber so fängt es an. Wer dann keinen guten Kern und starken Willen besitzt, um beizeiten die Kurve zu kriegen, erhält die fragwürdigen Chancen, eines Tages angreifbar zu sein. Für das Gesetz, die Polizei, die Justiz oder eben – einen Dämon.

Doch zurück zu: Leben und leben lassen.

Leben bedeutet, sich sein Dasein auf Erden so einzurichten, dass man sich den eigenen Interessen und Wünschen gemäß entwickeln kann. Die eine möchte studieren oder promovieren, also tut sie 's. Oder versucht es zumindest. Der andere möchte nichts dergleichen – bitte, niemand kann ihn zwingen. Jeder soll ja nach seiner Fasson glücklich werden.

Was, wenn Herr X sich damit glücklich fühlt, nach getaner Arbeit allabendlich in der Kneipe abzuhängen, sich ein paar (oder auch mehr) Biere hinter die Binde zu kippen und kurz vor Mitternacht, den Kopf voll kunterbuntem Stammtischgedöns, nach Hause zu wanken? Was wäre dann wohl? Nichts natürlich. Bitte, soll er 's tun! Er wäre nicht der Erste, der von der großen, weiten Welt nichts weiter zu sehen bekommt als die triste Umgebung auf seinem Weg von zu Hause zum Lokal und wieder zurück.

Und was, wenn die alleinerziehende Frau Y bis spät in die Nacht für ihre Promotion büffelt und nebenbei überlegt, wie sie ihre Termine als Vorstandsmitglied in drei Vereinen unter einen Hut bekommt? Wenn ihr durch den Kopf geht, welche von ihren Freundinnen am nächsten

Weiterbildungs-Wochenende die Kinder betreuen könnte? Und ob sie es am Montag wohl schaffte, zwischen Workshop und Elternabend vielleicht doch noch die Fenster zu putzen (nötig hätten die es ja) und den Berg Bügelwäsche *abzuarbeiten*, der ihr schon seit drei Tagen in der Waschküche ein Dorn im Auge ist? Bitte, soll sie 's tun! Des Menschen Wille ist sein Himmelreich!

Und nun – leben lassen. Oder anders: Was du nicht willst, das man dir tu, das füg auch keinem andern zu! Bedeutet lediglich, dass man auch seinen Mitmenschen keine Steine in den Weg legen darf, wenn diese sich zu verwirklichen, zu vervollkommnen, gedenken.

Sie lassen mich nach meiner Fasson leben – ich Sie nach der Ihren. Solange wir uns dabei nicht in die Quere kommen, ist alles schön.

Und noch eins: Lassen Sie sich niemals dazu verleiten, etwas zu tun, was gegen Ihre Überzeugung und Wertvorstellung ist. Klingt auch sehr banal. Aber der Teufel (oder eben Dämon) steckt im Detail.

Beispiel Mundraub. Insbesondere während und nach den kleinen und großen Kriegen ein sogenanntes *Kavaliersdelikt*. Was blieb dem armen Schlucker, der alles verloren und nur das buchstäblich nackte Leben gerettet hatte, auch übrig? Die Handvoll entwendeter Kartoffeln aus dem Keller des Nachbarn oder die stibitzte Dauerwurst aus der Räucherkammer des Großbauern würden beide nicht an den Rand des Existenzminimums bringen. Und doch das eigene Überleben sichern. Moralisch verwerflich? Schon, das aber auch nur dann, wenn keine Zwangslage gegeben ist.

Heutzutage dürfte es kaum noch jemanden geben, der gezwungen wäre, Mundraub zu begehen. Zumindest in Deutschland oder dem, was davon übrig ist. Und dennoch – solange es (in welchem Land auch immer) noch Elend, Unrecht, Armut, Mord und Totschlag, Terrorismus und dergleichen gibt, wird die Hölle nicht zufrieren. In Anbetracht der zunehmenden Erderwärmung wohl ohnehin nicht. Und solange die Feuer in der Hölle nicht verlöschen, werden die Menschen stets angreifbar und für Dämonen empfänglich sein.

Das Fazit: Wir können den Teufel nicht in die Hölle verbannen – da ist er ja schon. Im Himmel dagegen hat er nichts zu suchen. Wohin also mit ihm? Oder besser gefragt: Gibt es einen Ort, an dem er machtlos ist und keinen Schaden anrichten kann? Was? Die Arktis? Keine gute Idee. Eine Hölle am Nordpol würde die Phase der Erderwärmung innerhalb von Tagen zum

Abschluss bringen. Der Mond? Unfug! Der ist schon für diverse Weltraummissionen reserviert.

Bevor Sie weitere Vorschläge dieser Art machen: Es gibt bereits einen solchen Ort. Es gibt ihn in uns allen. Ein jeder von uns hat seine teuflische Seite. Doch auch nur dann, wenn wir sie zeigen. Wenn wir zulassen, dass der Teufel und seine dämonischen Vasallen Macht über uns gewinnen.

Sorgen wir also dafür, dass die Herrscher der Unterwelt bleiben, wo sie sind: Tief in unserem Unterbewusstsein gefangen und dort ohne Chance auf einen Fluchtversuch angekettet!

Amen …

Nancy Meissner

Ich bringe euch
in die Unterwelt

Mein Name ist Gallu und ich bin ein Dämon. Ich bin hier, um euch meine Geschichte zu erzählen. Macht euch darauf gefasst, dass sie grausam sein wird. Aber was habt ihr auch erwartet? Ich bin ein Dämon, ein Wesen der Dunkelheit, das Böse in Person! Dennoch mache ich nichts ohne Grund. Heute sollt ihr meine Geschichte erfahren. Die Wahrheit, warum ich das Grauen verbreite und euch Menschen in die Unterwelt bringe.

Habt ihr schon mal von Menschenhandel gehört?

Ich schleiche nachts durch die Straßen. Ich gehe auf die Suche und auf die Jagd. Aber ich jage nicht, um zu töten und dann zu speisen. Leute, ich bin weder ein Werwolf noch ein Vampir! Ich bin lediglich ein Monster aus den dunklen Tiefen der Unterwelt. Und ich muss gestehen, manchmal mache ich das Ganze auch sehr gerne. In der Unterwelt gibt es keine Wesen, die nicht das Böse in sich tragen. Doch oftmals kann ich es gut unterdrücken.

Vielleicht mache ich das ganze Theater mit dem Menschenverschleppen ja doch gar nicht gerne. Ach, ich weiß es doch selbst nicht! Doch ich habe sowieso keine Wahl. Ich möchte euch auch gerne erklären, warum ich mir nicht aussuchen kann, was ich bin und was ich mache.

Meine Frau und ich haben Kinder. Sechs hungrige Kinder! Nun werden manche stutzen, da der Dämon Gallu bei den Menschen oftmals nur als geschlechtsloses Wesen bekannt ist. Doch ich bin gewiss nicht geschlechtslos. Aber ich muss ja nicht gleich überall damit herumwedeln. Bei uns Dämonen sehen manche Körperteile eben anders aus, als wie bei euch Menschen. Deswegen muss aber noch längst nicht behauptet werden, dass ich geschlechtslos bin. Ganz ehrlich, das macht mich wütend! Ich denke heute Nacht, werde ich gleich zwei anstatt nur eines Menschenwesens in die Unterwelt zerren. Immer wenn ich wütend bin, mache ich meinen Job besonders gut. Ich wünschte, ich wäre viel häufiger schlecht gelaunt. Dann würde es mir und meiner Familie nämlich weitaus besser gehen.

Ihr habt es vielleicht schon durch die Blume herausgefunden. Ich erzähle ja nicht aus Spaß, dass ich meinen *Job* gut mache. Denn ganz genau das ist es. Es ist ein Job. Mein Beruf ist sozusagen Menschenhändler. Des Nachts, wenn es draußen schön finster und am besten, auch noch stürmisch ist, ziehe ich durch die Menschenwelt, suche mir ein Opfer und entführe es in die Unterwelt. Doch ich behalte das menschliche Wesen nicht. Was soll ich damit? Ich esse doch so etwas nicht! Ihr müsst wissen, dass ich ein vegetarischer Dämon bin. Ja nun staunt ihr, das kann ich sehen. Ein Dämon, der kein rohes, blutiges Fleisch verzehrt und auch keine Seelen frisst? Tja, offensichtlich gibt es so etwas wirklich. Und schaut mich an, ich bin schon echt stattlich gebaut, oder meint ihr nicht? Na ja, aber so ganz ohne etwas Tierisches auf dem Speiseplan leben meine Familie und ich auch nicht wirklich. In unserem Salat finden sich manchmal schon schleimige Würmer, glibberige Schnecken oder auch mal der eine oder andere knackige Käfer. So, jetzt habe ich Hunger!

Zurück zu meinem Job. Ich entführe also Menschen. Dabei spielt es keine Rolle, welches Alter oder Geschlecht diese Wesen haben. Ich nehme das, was ich bekommen kann. Mitleid habe ich nicht so wirklich. Für mich seid ihr Menschen keine wichtigen Lebewesen. Kurz gesagt, das Überleben meiner Familie, ist mir weitaus wichtiger.

Okay, ich schleppe und zerre euch also in die Unterwelt. Schon kurz hinter dem Tor zur lichtlosen Welt, gebe ich euch dann aber auch schon ab. Hier tausche ich euch ein. Ich tausche euch ein, um meinen Kindern Spielzeug zu kaufen, um meiner Frau Lebensmittel zu holen, damit wir alle essen und leben können.

Habt ihr eigentlich eine Ahnung, wie teuer das Leben hier unten ist? Ach ja, na klar, einige von euch schon. Denn nicht alle werden hier unten getötet. Wir Dämonen halten uns nämlich auch gerne mal den einen oder anderen Sklaven. Da bekommt ihr Menschen schon ein bisschen was von dem Leben hier mit. Ich selbst habe natürlich keinen Sklaven. Wie könnte ich mir auch einen leisten? Es obliegt nur den reichen und mächtigen Dämonen der Unterwelt, sich solche ausgefallenen Haustiere zu halten.

Gallu ist ein Menschenhändler, der nur wenige Skrupel hat. Das möchte ich euch damit sagen. Ich bringe grobe Gewalt zum Einsatz, wenn es sein muss. Doch ich arbeite auch gerne mit gemeinen Tricks. Wie wäre es? Möchtet ihr vielleicht mal meine Familie kennenlernen? Schaut euch meine kleinen Lieblinge an, sie werden gerne ein bisschen mit euch spielen.

Lernt doch am besten gleich auch noch meine Frau kennen. Sie ist so wunderschön und gut kochen kann sie auch. Lasst euch von mir entführen, euch wird auch nichts geschehen. Kommt mit in eine Welt ohne Licht und ohne Wiederkehr. Nur ganz kurz, ihr seid doch bestimmt neugierig oder nicht?

Egal was ihr jetzt tut, vergesst nicht, ich bin ein Dämon. Mein Name ist Gallu und auch ihr entkommt mir nicht. Habe ich vielleicht gar keine Familie und bin doch nur ein grausamer Menschenfresser? Vielleicht erzähle ich das alles ja nur, um noch mehr Menschen zu mir zu locken. Kommt her und findet es heraus.

Jana Heidler

Katze müsste man sein

Toldäus war ein eher kleiner und sehr unbedeutender Dämon. Nicht nur, dass er für einen Teufel recht mickrig war, er sah auch noch kein bisschen angsteinflößend aus, mit seinem dichten, schwarz-weißen Fell, den spitzen Öhrchen und großen, blauen Augen. Außerdem verbargen sich seine Krallen in niedlichen Pfötchen, was ihm schon in seiner Kindheit den passenden Spitznamen *Kätzchen* einbrachte.

Schon sein ganzes Leben lang musste er sich den Spott der anderen Höllenbewohner gefallen lassen. Von Jedem wurde er nur ausgelacht, und selbst seine Eltern nahmen ihn nicht ernst, was ihn am meisten ärgerte. Schließlich war er gerade volljährig geworden – ein junger Mann, wenn man ihn als Solchen, überhaupt bezeichnen konnte, voller Tatendrang.

Und so beschloss er, sich den Respekt der gesamten Unterwelt zu erkämpfen, indem er das tun wollte, was Unholde seiner Spezies üblicherweise tun: Menschen austricksen, hinterrücks überfallen, quälen, schlicht ins Unglück stürzen, bis ihnen der Tod wie eine Erlösung scheint und sie ihm mit Freuden ihre Seelen vermachen.

Um dieses Ziel zu erreichen, wollte er sich seines ungewöhnlichen Aussehens bedienen. Als Katze konnte er sich leicht überall einschleichen und würde sicherlich schnell ein Opfer finden, das er mit großen Augen einlullen konnte. Wenn dann ein Mensch seinem niedlichen Äußeren verfallen war, konnte er zum letzten Schlag ausholen.

Für sein Vorhaben suchte er sich eine junge und, wie er fand, attraktive Dame aus. Immerhin sollte er ja auch Spaß haben. Nach einer kurzen Beobachtungszeit ging er sofort in die Vollen: Er setzte seinen süßesten Gesichtsausdruck auf und lief mit großen, traurigen Augen und jämmerlich maunzend auf sie zu.

Die Reaktion kam prompt und fiel wie erwartet aus: „Oh … Du armes Miezekätzchen … Wo kommst du denn her?" Umgehend strich er ihr um die Beine und provozierte damit die nächste Antwort: „Du möchtest gestreichelt werden, nicht?"

Eine Hand fuhr sanft durch sein Fell, und er begann unwillkürlich zu schnurren, als er vernahm: „Hast du Hunger?"

Die letzten Worte hatten das Eis endgültig aufgebrochen, sofern es überhaupt vorhanden war. Die Einladung in ihre Wohnung kam sofort, gefolgt von einem üppigen Mahl, das er zwar aus einer Schüssel am Boden verzehren musste, aber das störte ihn nicht.

Danach gab es ausgiebige, intensive Streicheleinheiten, währenddessen er still in sich hineinlachte und dachte: *Nun bin ich fast am Ziel! Ihre Seele gehört beinahe mir! Nur noch ein wenig die Zuwendung genießen … Oh ja, ist das schön! Eigentlich könnte ich auch einfach hierbleiben und das bequeme*

Leben einer Katze führen... Das würde gar nicht auffallen ... Ja, das mache ich ... Ist das schön ...

Und so schnurrte er genüsslich vor sich hin und ließ sich sein Leben lang verwöhnen.

Sina Blackwood

Ein paar Leichen
im Keller …

Die Auswirkungen von Halluzigenen auf die menschliche Psyche, kennt man nicht erst seit unseren Tagen. Schon vor tausenden von Jahren wussten Priester, Schamanen und Heilkundige, wie man sich sowohl die heilende als auch die vernichtende Seite zunutze machen konnte. Und einer, der sich besonders gut auskennt, ist der finstere Gott Seth mit seiner dämonischen Hündin Ammit, die die Seelen der Opfer frisst.

Nicht nur in Zeiten von Kriegen bekommt Ammit überreichlich Futter. Seth rekrutiert immer neue menschliche Handlanger, die Ammit arme und oft unschuldige Seelen zutreiben, wobei sie nicht einmal merken, dabei ihre eigene an Seth zu verlieren.

Ende des 18. Jahrhunderts, praktisch als Folge der Ägypten-Expedition Napoleons, galt es beim Adel als schick, eine echte Mumie zu besitzen. Nun waren selbige aber nicht gerade billig, denn schön sollten sie auch noch aussehen, um den wertvollen Besitz richtig zur Schau stellen zu können.

Und wie bei allem, was der Mensch begehrt, begannen ganz findige Köpfe, Mumien zu fälschen. Die einen wickelten tote Tiere in menschliche Form, die anderen steckten Stroh-puppen unter die Bandagen und ganz skrupel-lose Zeitgenossen, buddelten aus dem heißen Wüstensand die mittel- und bandagenlos bestat-teten armen Teufel der untersten Bevölkerungs-schichten aus, um sie andernorts mit allem auszustatten, was nach europäischen Glauben, eine ägyptische Mumie ausmachte.

In England kamen schließlich *Mumien-Partys* in Mode, auf denen öffentlich Mumien ausgewickelt wurden. Dazu gab oft noch entsprechende Schauergeschichten zu hören. Hätte man aber geahnt, welche Gräueltaten wirklich hinter manchen Mumien steckten, wären einige Partys wohl nie gefeiert worden, weil der Grusel schon vorher den Teilnehmern schlaflose Nächte bereitet, oder sie bis an ihr Lebensende verfolgt hätte.

Ähnlich makaber war, dass man Mumien als Heizmaterial ansah und in Nordamerika Mumienleinen zur Papierherstellung verwendet wurde. Ganz zu schweigen von der Arznei *Mumia*, die aus zerriebenen und in Alkohol aufgelösten Überresten der einbalsamierten Leichen bestand. Ammit schlug sich den Bauch voll, bis sie sich vor Fett kaum noch bewegen konnte. Denn, wenn der balsamierte Körper, also das Haus, nicht mehr existierte, fielen ihr die nun verlorenen Seelen automatisch in den Rachen.

Als irgendwann echte Mumien immer knapper und die Beschaffung in den Herkunftsländern immer teurer wurden, trat plötzlich ein Londoner Apotheker auf den Plan, dem der Nachschub nie auszugehen schien.

Eines späten Abends hatte es Sturm an seiner Tür geklopft und er war herbeigeeilt, in der

Annahme, einem akut Kranken helfen zu müssen. Stattdessen stand vor seiner Tür ein dunkelhäutiger, äußerst teuer gekleideter Gentleman, der einen ausnehmend, ja fast bedauernswert, hässlichen Hund an der Leine führte.

„Wir müssen reden“, hatte der Fremde nur gesagt und war eingetreten, bevor sich der Hausherr von seiner Überraschung erholt hatte.

Ohne, sich vorzustellen und ohne jegliche Vorrede kam der unheimliche Gast auch auf den Punkt: „Ich biete Ihnen Rohstoff, Sie liefern 50 Mumien pro Jahr europaweit. Sie kassieren, ich gewinne Macht.“

„Ist das legal?“, wagte der Apotheker, zu fragen.

„Wäre ich hier, würden Sie nur legal arbeiten?“, kam messerscharf die Gegenfrage.

Der Herr über Pasten und Tinkturen kratzte sich am Kinn. Offensichtlich hatte jemand Wind von der Sache bekommen, dass er alles mögliche mit Asche vermischte und als *Mumia* verkaufte. Er konnte es sich nicht leisten, Kunden und Einfluss zu verlieren, weil die Sache ans Licht der breiten Öffentlichkeit kam.

Der Fremde beobachtete mit breitem, sehr genüsslichem Grinsen das Gesicht seines Gegenübers, auf dem sich ein harter Kampf widerspiegelte, in welchem die Geldgier langsam die Oberhand gewann.

„Sie haben die Räumlichkeiten in Ihrem Kellergewölbe, zwei bis drei Leichen gleichzeitig in Natron zu trocknen und mit Harzen zu behandeln", fuhr der Gentleman mit den kohlschwarzen, stechenden Augen fort, zu erklären. „Ich gebe Ihnen die Kontaktadresse, wo sie die *originalen* Särge und Mumienbinden bekommen."

„Sie ... Sie ... Sie meinen, ich soll ... also, frische Tote ... oder irre ich mich?"

„Sie irren sich nicht. Ein paar Bettler weniger und London wird ihnen dankbar sein." Der Fremde erhob sich. „Sind wir im Geschäft?"

Der Apotheker schlug nach kurzem Zögern in die dargebotene Hand ein, was der hässliche Köter mit heftigem Schwanzwedeln und widerlichem Sabbern zu begrüßen schien.

„Ahhhh, sehen Sie? Ammit liebt Sie schon jetzt", kicherte der Fremde. „Enttäuschen Sie sie nicht."

Er trat vor die Tür und löste sich im selben Augenblick buchstäblich in Nichts auf. Zurück blieb der geschockte Apotheker, dem sogleich der Gedanke durch den Kopf schoss, er habe sich dem Teufel verkauft. Ganz mechanisch wanderte seine Hand an seinen Hals, um welchen er ein Kreuz trug. Es war noch da. Beruhigt machte er sich daran, seine Räumlichkeiten für den großen Auftrag zu inspizieren. Draußen stand noch immer, unsichtbar, Seth und lachte sich eins. Was scherten ihn, den Dämon des Bösen, Symbole, wenn die Seele des Opfers schon dunkle Flecke hatte?!

Zwei Tage später trafen die ersten beiden Lieferungen ein und niemand wurde stutzig. Der Herr Apotheker hatte ja, gerade seines Jobs wegen, keine Mühe, ganze Wagenladungen jener Chemikalien zu besorgen, die er nun benötigte, um aus frischen Leichen Trockenware zu fabrizieren. Der erste Versuch verlief zufriedenstellend und mit dem vierten stellte sich bereits eine gewisse Routine ein.

Die Lords fragten nicht, sie zahlten und feierten weiter ihre dubiosen Partys. Seth rieb sich die unsauberen Hände. Dass gleichzeitig Londons finsterste Ecken wie durch Zauberhand huren- und trinkerfrei wurden, schien niemand zu bemerken. Das Einzige, was auffiel, war, dass der Apotheker immer öfter wirkte, als habe er nächtelang nicht geschlafen. Das entsprach ja auch der Tatsache, denn zu später Stunde präparierte er die Leichen, obwohl er den ganzen Tag in seinem Laden gestanden hatte. Erstens lockte das Geld und zweitens gab es genug Pflänzlein und Pülverchen, mit denen man die Müdigkeit auf ein Minimum reduzieren konnte.

Allerdings schrumpften nach einer Weile auch Denk- und Urteilsvermögen, was Seth mit diabolischem Grinsen registrierte.

Ganze zwei Jahre ging alles gut, dann entdeckte das Dienstmädchen eines Lords auf einer der Partys die mumifizierte Leiche ihrer Schwester, einer der teuersten Huren der Stadt, unter den Bandagen. Der Herr Apotheker hatte seine Gespielin im Drogenwahn erwürgt und als Mumie versehentlich im Rausch, an den falschen Kunden verkauft.

Obwohl er die Ähnlichkeit eher für einen Zufall hielt, ließ der Lord die Tote bestatten, und zahlte seinem Dienstmädchen ein hohes Schweigegeld, um einen Skandal zu vermeiden. Wobei ihm gleichzeitig die Lust verging, je wieder Leichenfledderei an Mumien zu betreiben.

Seth persönlich lancierte die Geschichte in die Öffentlichkeit und sorgte dafür, dass auch besagter Apotheker davon erfuhr. Der sann natürlich auf Rache, weil seine Geschäfte erhebliche Einbußen erfuhren. Er ließ dem Dienstmädchen ausrichten, es möge eine Arznei für seinen Herrn abholen und erdrosselte es ebenfalls, kaum dass es die Schwelle seines Hauses übertreten hatte.

Einige Wochen später bettete er die fertig bandagierte Mumie in einen der prunkvolleren Särge, um sie an einen Sammler auf dem Festland zu verkaufen, der sie ganz bestimmt nicht wieder auswickeln werde.

Allerdings sollte dies seine letzte Schandtat bleiben, denn die Behörden waren inzwischen hellhörig geworden und versuchten, Licht ins Dunkel der Gerüchteküche zu bringen. Um dem Strang und einer Zurschaustellung, im Falle seiner Ergreifung, zuvorzukommen, konsumierte der Herr Apotheker eine gehörige Überdosis Haschisch und stürzte sich, um ganz sicher zu gehen, in die Themse, die ihn tatsächlich auf Nimmerwiedersehen verschwinden ließ. Seine rabenschwarze Seele krallte sich Seth, der sie seiner immer hungrigen Ammit Sekunden später bereits auf einem goldenen Teller präsentierte.

Missmutig mussten beide allerdings auf die Seele der letzten Leiche verzichten, weil der Sammler die Tote tatsächlich unberührt in ihrem Sarg beließ und das Mädchen ein so reines Leben geführt hatte, dass es nicht einmal den Anflug eines Schattens in ihrem Herzen gab.

Und wie, um ihren Mörder ewig anzuklagen, überdauerte sie die Jahrhunderte, wurde mehrmals verkauft und steht heute aufgrund der Sarginschriften als vermeintlicher Mann, namens Nes-Hor, als Leihgabe neben einer echten ägyptischen Mumie in einem bekannten sächsischen Naturalienkabinett.

Iris Fitzsche

Dämonische Nervenzellen

Zehn dämonische Nervenzellen
spielten im Hirn mit harten Bällen.
Hab sie mit Pillen zu Fall gebracht,
da waren es nur noch acht.

Acht dämonische Nervenzellen
die wollten keine Ruhe kennen.
Bekämpfte sie mit Vitamin,
da waren's nur noch sieb'n.

Sieben dämonische Nervenzellen
die schalteten den Magen ein.
Da schüttete ich Kaffee rein,
war's nur noch ein Fünferlein.

Fünf dämonische Nervenzellen
wollten das Gehirn aufquellen.
Konnte mit Schnaps sie überrumpeln,
blieben noch drei böse Pumpeln.

Drei dämonische Nervenzellen
wollten noch Mal ganz fiese sein.
Hab ihnen frische Luft geschickt,
die hat sie alle weggekickt.

Michael Gimmel

Meine erste und letzte Begegnung mit einem Dämon

Ich bin ein durch und durch rationaler Mensch. Das könnt ihr mir glauben. Mein durch und durch wissenschaftliches Weltbild, liefert mir für alles Geschehen, das geeignet ist, einen weniger gefestigten Menschen aus der Bahn zu werfen, immer eine gute, durch Fakten belegbare Erklärung. Ich gebe zu, es gibt hin und wieder Gelegenheiten, wo mir diese Erklärungen nicht zufallen. Das spornt mich dann an, zu recherchieren, mich mit dem Thema eingehender zu befassen, bis ich mein Weltbild wieder in Ordnung gebracht habe. So schnell kann man mir nicht beikommen!

Meine Mitmenschen, also ich meine die, die es in meiner engeren Umgebung aushielten, hatten es sich zur Aufgabe gemacht, so war zumindest manchmal mein Eindruck, meiner Rationalität den Teppich unter den Füßen wegzuziehen. Nun, das war ein hoffnungsloses Unterfangen, von vornherein zum Scheitern verurteilt. Ich bin ein Naturfreund – wie könnte es anders sein, bei meiner Liebe zur Naturwissenschaft – und habe nur Möbel aus Echtholz in meiner Wohnung und Dielen aus echten Schiffsplanken.

Da war kein Teppich! Die Dielen allein hatten ein Vermögen gekostet. Sie stammten von einem alten Wrack aus dem siebzehnten Jahrhundert. Ein Bekannter hatte sie mir über drei Ecken und einen italienischen Unterwasser-Archäologen besorgt, den ich leider nie zu Gesicht bekam. Aber es war mir das Vermögen wert. Wer lebt schon in so einem geschichtsträchtigen Ambiente, selbst im Schlaf noch umhüllt von der Aura vergangener Zeiten. Seit ich diese Dielen hatte, fühlte ich mich jener fernen Vergangenheit enger verbunden. Ich las alle möglichen Artikel über das siebzehnte Jahrhundert, die Seefahrt in jenen Tagen, gesunkene Schiffe, recherchierte im Internet über Tiefseearchäologie und erweiterte meinen Wissenshorizont um eben jenes Sachgebiet, in der Hoffnung, dieses Wissen bald auch meinen Mitmenschen nutzbar machen zu können. Jedenfalls war da gar kein Teppich, den sie meiner rationalen Weltsicht unter den nicht vorhandenen Füßen wegziehen konnten. Ich hasse solche hinkenden Vergleiche!

Doch sie ließen mich nicht in Ruhe. Als ich genau über diesen, schon sprachlich erkennbaren, Widerspruch referierte, kam Eulalia mit dem Argument, solche versunkenen Schiffe wie das, von dem meine Dielen stammten, hätten doch häufig Schätze an Bord gehabt und neben den Truhen voll Gold und Edelsteinen ohne Zweifel auch Unmengen edelster persischer Teppiche. Also wäre doch so ein Teppich geradezu ein Muss in meiner Wohnung. Es wäre außerdem eine gebührende Referenz an die Geister der toten Matrosen dieses Schiffes, die sich dann wenigstens symbolisch noch im Besitz ihres Schatzes wähnen könnten. Goldpokale und Truhen voller Edelsteine hätte ich ja wohl nicht. Ich solle mir also schleunigst einen Teppich besorgen. Sofort hagelte es aus dem Kreis der Umstehenden gute Ratschläge, wo ich einen passenden Teppich herbekommen könnte. Ich lehnte das natürlich ab, mit der Begründung, es wäre gar nicht erwiesen, dass das Schiff, abgesehen von meinen Dielen, irgendwelche anderen Schätze mitgeführt hätte. Unter uns gesagt, ich hasse Teppiche. Solche Staubfänger wollte ich nicht in meiner Wohnung haben. Ich hasse Staub. Er bedeutet Unordnung. Ich hasse auch Unordnung. Eulalia die vermutlich die wahre Bedeutung ihres Namens gar nicht kannte, machte ihm jedoch alle Ehre. So war sie schon immer. Wo ihr die Argumente fehlten, setzte sie sich mit der schieren Unzahl ihrer Worte durch. Eulalia, die Wortgewandte, die Beredte. Wie ein Tsunami überschwemmte mich ihr Wortschwall und wie in einem Tsunami verschloss ich Augen, Nase, Mund und Ohren, bis die Naturgewalt wieder abebbte. Als ich meine Sinne wieder der Umwelt öffnete, vernahm ich gerade noch ihre letzten Worte, mit denen sie wissen wollte, wie denn das Schiff überhaupt hieß und wo es gesunken sei, um daraus unter Umständen Rückschlüsse auf seine Ladung zu ziehen. Da hatte sie meinen wunden Punkt gefunden. Ich hatte zwar ein Echtheitszertifikat von meinem Bekannten erhalten, aber es war weder der Name des Schiffes noch der

Ort vermerkt, an dem das Wrack auf dem Meeresboden lag.

Eulalia schüttelte traurig den Kopf. „Oh je, da werden die Seelen der Toten wohl unzufrieden sein und dich des Nachts heimsuchen, bis du einen Teppich angeschafft hast."

Soviel Irrationalität verursachte mir beinahe körperliche Schmerzen. Doch Eulalia hetzte die Meute weiter auf, die sich diebisch auf eine neue Gelegenheit freute, meine Weltsicht ins Wanken zu bringen.

„Du wirst schon sehen. Bestimmt war auf dem Piratenschiff", plötzlich war es ein Piratenschiff, „die schöne Tochter eines Gouverneurs ferner Länder als Geisel gefangen und ihr einziger Trost waren die edlen Teppiche und die geraubten Goldpokale, in denen man ihr den ebenfalls geraubten Wein kredenzte."

Dieser Satz stammte von Esmeralda, die mit ihren smaragdgrünen Augen immer ein wenig rätselhaft und entrückt aussah und wohl gern selbst die schöne Gouverneurstochter gewesen wäre. Esmeralda, der Edelstein unter meinen Bekannten, irritierte mich immer, obwohl ich ihre Schönheit verehrte. Ich hatte mich eingehend mit dem Goldenen Schnitt und den Fibonacci-Zahlen beschäftigt und war zu der Überzeugung gelangt, dass Schönheit sich wissenschaftlich berechnen lässt. Esmeralda war vierunddreißig. Vierunddreißig ist übrigens eine Fibonacci-Zahl. Alle Versuche, mit diesen schmeichelhaften Erkenntnissen Esmeraldas Herz zu gewinnen, versagten an der Härte ihrer Kristallstruktur. Mit einem Satz hatte sie meine Hoffnungen zunichte gemacht.

„Nächstes Jahr bin ich fünfunddreißig, ist es da mit der Schönheit vorbei? Wann bin ich denn wieder schön, was ist die nächste Fibonacci-Zahl?"

„Fünfundfünfzig", murmelte ich kleinlaut.

Über das Problem mit der Schönheit musste ich wohl noch einmal genauer nachdenken. Dennoch verehrte ich Esmeralda. Das hätte ich natürlich nie zugegeben, aber ich bin, zumindest mir selbst gegenüber, ein ehrlicher Mensch. Das gebietet die wissenschaftliche Methode. Ihrer rätselhaften Art stand ich mit meiner Rationalität einfach hilflos gegenüber.

„Weh dir, mein Armer", griff Eulalia den Ball auf, den ihr Esmeralda zugeworfen hatte. „Dann wirst du nicht nur von den toten Piraten heimgesucht werden, sondern auch noch vom Geist des toten Mädchens. Das ist noch viel schlimmer. Wenn du Hilfe brauchst … wir sind alle für dich da."

Nun wurde es mir zu bunt. Mit Mühe lenkte ich die Unterhaltung, die nach meinem Dafürhalten zu sehr auf meine Kosten geführt wurde, in eine andere Richtung. Die nächsten Tage jedoch bewirkten eine denkwürdige Änderung in meinem Leben. Ich, der ich sonst nie träume, und den Tag in der Regel gesund und ausgeruht begann, wachte eines Morgens auf und fühlte mich wie gerädert. Langsam kamen mir Erinnerungen an einen nächtlichen Traum, an säbelschwingende Piraten, die mich kielholten, wobei ich fast ertrank. Dann ließen sie mich das Deck scheuern, immer wieder.

Der Bootsmann, der anstelle des linken Beines nur einen Holzpflock hatte, was ihn aber nicht hinderte mich mit seinem rechten Bein bei jeder Gelegenheit in den Hintern zu treten, wiederholte ständig: „Eines Tages wirst du mir dankbar sein, dass ich dich immer wieder die Planken schrubben lasse. Du wirst sie noch lieb gewinnen." Und er spuckte seinen Priem auf die gerade gescheuerte Stelle.

Als sich der Traum am nächsten Tag wiederholte, entschloss ich mich, das Problem wissenschaftlich anzugehen. Ich vermutete, ich hatte mir mit den Planken tatsächlich einen Incubus ins Haus geholt, einen Nachtalb, der mich nun heimsuchte.

Nach einem Gang zur Bibliothek war ich im Besitz der „Henochischen Schlüssel der Magie" von Michael D. Eschner, einem profunden Kenner der Materie. Ich schrieb einige seiner Beschwörungsformeln auf kleine Zettel, verteilte die um mein Bett – und hatte endlich wieder einen ruhigen Schlaf. Aber nur eine Nacht. In der darauffolgenden Nacht, oder besser gesagt am darauffolgenden Morgen wachte ich erneut völlig erschöpft und geschwächt auf. Zu meiner äußersten Verwirrung bemerkte ich, als ich ins Badezimmer wankte, einen körperlichen Erregungszustand an mir, den ich um diese Zeit nicht haben sollte. Etwas peinlich berührt, duschte ich eiskalt, bis ich wieder meinen Normalzustand erreicht hatte. Ich hasse kaltes Wasser. Langsam stellten sich auch Erinnerungsfetzen an meinen nächtlichen Traum ein. Diesmal hatte ich von der geraubten Gouverneurstochter geträumt. Ein liebreizendes Kind, wirklich. Und so traurig. Es war meine Pflicht gewesen, sie zu trösten so gut ich konnte. Sie hatte meergrüne Augen. Wie Esmeralda.

Überhaupt hatte sie seltsamerweise einige Ähnlichkeit mit Esmeralda. In den folgenden Nächten wiederholte sich der Traum in verschiedenen Varianten, die hier wiederzugeben, meinem Gefühl für Anstand diametral gegenübersteht. Es wiederholte sich nicht nur der Traum sondern auch mein anschließender Zustand. Ich spürte meine körperlichen Kräfte schwinden und fühlte mich regelrecht leergesaugt und richtig krank. Seltsamerweise nur tagsüber. Nun wurde mir klar: Es war kein Nachtalb, den ich mir ins Haus geholt hatte, sondern ein Succubus. Auch Michael D. Eschner konnte hier nicht helfen.

Als Eulalia mich auf meinen kläglichen Zustand ansprach, gestand ich ihr kleinlaut mein Problem. Sie war sehr mitfühlend und empfahl mich einer guten Freundin, einer Psychoanalytikerin, die sich auch im Tarot und sonstigen nützlichen Wissenschaften auskannte. Die könne mir gewiss helfen. Ich war so am Ende meiner Kräfte, dass ich noch am selben Tag einen Termin vereinbarte, als Notfallpatient sozusagen.

Die Therapeutin war sehr liebenswürdig und sehr interessiert an meinem Fall. Von Succubi hätte sie schon gehört, aber noch nie einen persönlich kennengelernt.

„Ich auch nicht", sagte ich, „bis vorige Woche".

Ich musste ihr alles genau erzählen, woran ich mich erinnerte. Sie fragte immer wieder nach Einzelheiten, weil Sie daran das Verhalten des Succubus studieren und Mittel zu seiner Vertreibung finden könne. Sie bedauerte sehr, dass ich mich nicht an mehr erinnerte. Ich musste noch zwei weitere Nächte in dem Zustand verbringen und sie beschwor mich, währenddessen genau aufzupassen und ihr danach den Hergang so detailliert wie möglich zu schildern. Ihre Anteilnahme tat mir gut. Endlich ein Mensch, der mich verstand und ihre systematische, wissenschaftliche Methode, alle bekannten Fakten genau zu notieren und daraus dann die richtigen Schlussfolgerungen zu ziehen, sagte mir sehr zu. Ich fühlte mich bei ihr in guten Händen.

Schließlich sagte sie, sie wüsste, wie sie mir helfen könne. Ich müsste mich unter Hypnose einer Tiefenanalyse unterziehen. Sie werde dabei in meinen Geist eindringen und die Zugänge versperren, die sich der Succubus geschaffen habe.

Es war eine unglaubliche Erfahrung. Die Therapeutin versetzte mich in Hypnose und es dauerte geschlagene drei Stunden, bis sie mich wieder zurückholte.

Es musste auch für sie eine schwere, anstrengende Aufgabe gewesen sein, denn sie machte einen ebenso erschöpften Eindruck, wie ich am Morgen nach jenen Nächten. Durch die Hypnose war der Succubus erneut in Erscheinung getreten. Das war wohl unvermeidbar. Ich hatte dumpfe Erinnerungen, wie er sich an mich krallte und nicht von mir lassen wollte.

Eigenartigerweise hatte er nun blaue Augen und rötlich schimmernde Haare. Aber vielleicht bringt man in der Hypnose auch alles durcheinander. Wer weiß … Wie schwer der Kampf gegen die Dämonin war, konnte ich auch daran erkennen, dass der frisch gebügelte Kittel meiner Therapeutin nun zerknittert und nicht mehr ordentlich zugeknöpft war, dass ein Zipfel ihrer Bluse aus dem Rock herausgerutscht war und ihre sonst so makellose Frisur ziemlich zerfledert aussah. Eine Strähne ihres schönen roten Haares fiel ihr über die Stirn ins Gesicht und sie blies sie immer wieder mit vorgestülpter Unterlippe beiseite. Doch ebenso oft fiel sie wieder zurück.

Trotzdem sah sie mich mit strahlenden blauen Augen voller Begeisterung an. „Ich glaube, ich war erfolgreich. Heute Nacht werden Sie mit Bestimmtheit ruhig schlafen. Ich fürchte aber, wir müssen uns auf eine längere Behandlung einstellen."

Es war mir ganz recht, dass sie das sagte. Ich fühlte mich bei ihr sicher vor den Angriffen weiterer Dämonen. Sie wusste was sie tat. Und sie war Wissenschaftlerin und teilte meine rationale Weltsicht. Aus ganz praktischen Gründen habe ich sie eine Woche später kurzerhand geheiratet.

In meiner Wohnstube liegt jetzt auch ein Teppich. Sie hat mich mit dem Argument überzeugt, ein Teppich, um irgendwelche Dämonen zu bannen, sei zwar völlig irrational aber schließlich seien irrationale Zahlen eine mathematisch beweisbare Tatsache, die die Grundlage unserer gesamten modernen Technik bildet. Manchmal, wenn es wieder Zeit für die Therapie wird, setzen wir uns darauf und sie hypnotisiert mich. Danach fühle ich mich immer wie neu geboren.

Apropos neu geboren: wir haben nun auch zwei Kinder. Domian und Daimona.

Jana Heidler

Familienleben ist die Hölle

Das Baby schreit schon wieder, dachte er genervt. *Wie habe ich mich nur darauf einlassen können?*

Einst war er der größte Dämon aller Zeiten gewesen, hatte sich unter dem wohlklingenden Namen Cthulhu einen tadellos bösartigen Ruf mühsam aufgebaut. Und nun? Nun sah er sich selbst hinter dem Bügelbrett stehen, mit einer geblümten Schürze um den Hals (oder das, was man der Einfachheit halber als solchen bezeichnen könnte). Sechs seiner Tentakel hielten den frisch gewaschenen Strampelanzug fest und zogen ihn in Form, während ein siebenter beinahe drohend das dampfende Bügeleisen darüber schwang.

Sein Sohn hatte wieder einmal derart üppig in die Hosen gemacht, dass die Windel aufgegeben und sich der ganze Dreck im Bettchen verteilt hatte, was (wie so oft) eine große Putz- und Waschaktion nach sich gezogen hatte. Nun war gerade alles sauber, und der Kleine machte erneut Rabatz. Das hatte er sich nicht vorgestellt, als er eingewilligt hatte, die Elternzeit zu übernehmen. Seine Frau ging unterdessen ihrer Karriere als Hexe nach. Eigentlich hatte er sich gedacht, eine kleine Auszeit von dem Dämonenherrscherstress könnte nicht schaden. Es war ihm sogar gelegen gekommen. Aber jetzt sah er die Sache ganz anders: Ein Säugling war um vieles anstrengender als die Erkämpfung der Weltherrschaft. Er hatte keine Minute Ruhe und sah seine Freunde, Kollegen und Untergebenen nicht mehr, da er keine Zeit hatte. Selbst sein Liebesleben lag völlig brach, weil sich sein ganzes Leben nur noch um dieses kleine, hilflose Geschöpf drehte, das er sein Kind nannte.

Manchmal hatte er es wirklich satt. Seine Ehefrau hatte ihm erst gestern von Gerüchten erzählt, die sich wie ein Lauffeuer verbreiteten und behaupteten, er wäre in einen ewigen, traumlosen Schlaf gefallen. Diese völlig an den Haaren herbeigezogene Legende erschien ihm im Moment jedoch nahezu verführerisch. Wie sehr würde er sich einen langen, tiefen Schlummer wünschen. In Wahrheit hatte er ständig dermaßen viel zu tun, dass er kaum noch zum Schlafen kam. Sogar nachts wurde er mehrmals von Babygeschrei unsanft geweckt. Könnte man Augenringe auf seiner Haut erkennen, dann würden sie vermutlich seinen gesamten Kopf bedecken – bis zu den Tentakeln.

Nun ja, mag sich das Gerede doch halten. Irgendwann, wenn der Kleine groß genug für eine externe Tagesbetreuung sein wird, wird er zurückkehren und erneut mit Macht seinen Thron besteigen. Allen, die ihn für tot erklärt hatten, wird er die Wahrheit lehren, und er wird wieder Grauen verbreiten. Davon war er fest überzeugt. Bei dem Gedanken lächelte er still in sich hinein.

Jetzt musste er sich aber erst einmal um seinen Sohn kümmern. Umgehend eilte er ins

Kinderzimmer, wo der Junior in der Wiege aufgelöst weinte. Dicke Tränen rannen über den haarlosen, kugelrunden, glitschigen Kopf und versickerten zwischen den acht Armen, welche direkt an das Haupt anschlossen. Diese Gestalt konnten einzig die Eltern lieben, wobei Kinder grundsätzlich irgendwie niedlich sind, egal wie sie aussehen.

Vorsichtig nahm er den Säugling hoch und wiegte ihn sanft. Mit seiner gewohnt donnernden Stimme, die jedem das Blut in den Adern gefrieren lassen konnte, sagte er: „Oh, mein Schatz, was hast du denn? Hast du schon wieder Hunger? Warte, Papa gibt dir was." Mit diesen Worten begaben sie sich in die Küche, und er säuselte nicht mehr ganz so dröhnend: „Papa ist immer für dich da. Er wird dich immer beschützen und nie alleine lassen."

Was ist schon die Weltherrschaft gegen das unübertroffene Gefühl, Vater zu sein, dachte er und beschloss, ein Hausmann zu bleiben.

Matthias Albrecht

Ein arger Bösewicht

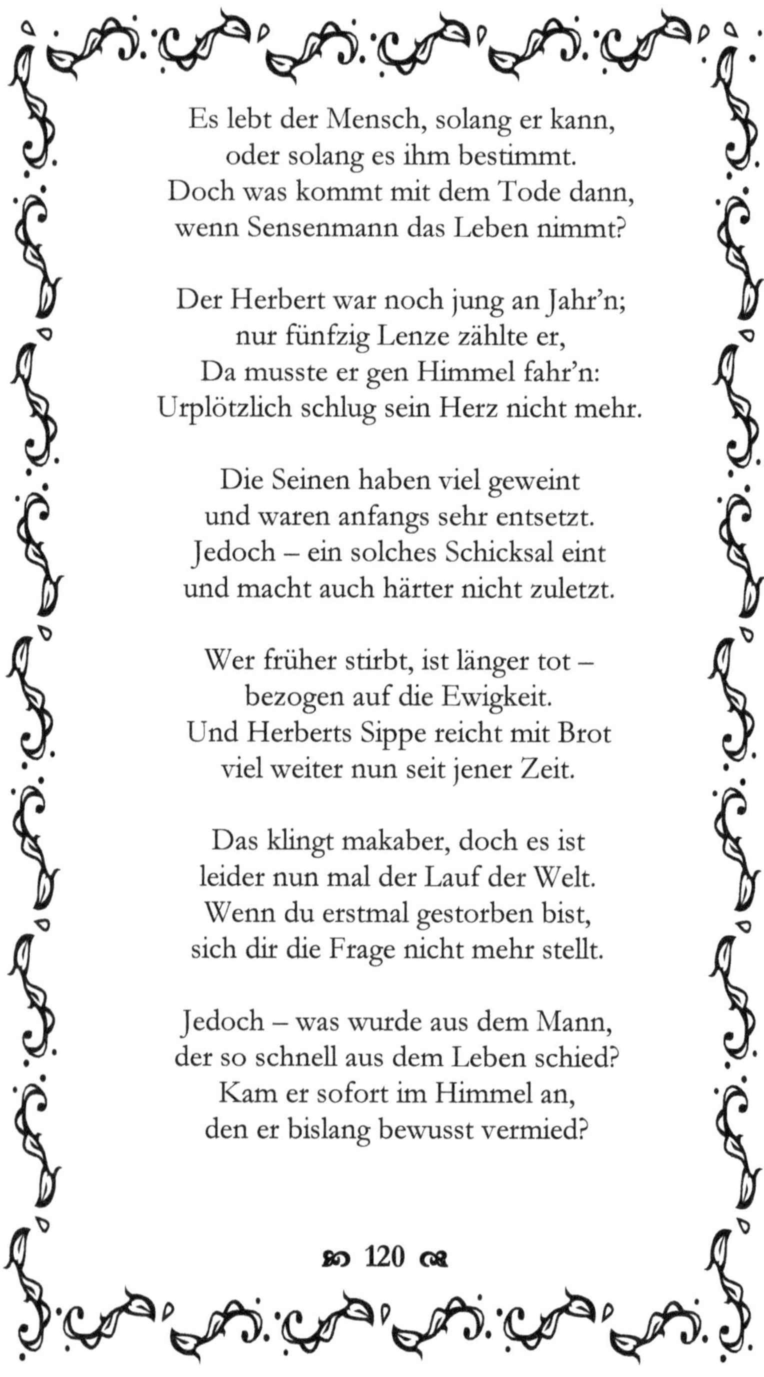

Es lebt der Mensch, solang er kann,
oder solang es ihm bestimmt.
Doch was kommt mit dem Tode dann,
wenn Sensenmann das Leben nimmt?

Der Herbert war noch jung an Jahr'n;
nur fünfzig Lenze zählte er,
Da musste er gen Himmel fahr'n:
Urplötzlich schlug sein Herz nicht mehr.

Die Seinen haben viel geweint
und waren anfangs sehr entsetzt.
Jedoch – ein solches Schicksal eint
und macht auch härter nicht zuletzt.

Wer früher stirbt, ist länger tot –
bezogen auf die Ewigkeit.
Und Herberts Sippe reicht mit Brot
viel weiter nun seit jener Zeit.

Das klingt makaber, doch es ist
leider nun mal der Lauf der Welt.
Wenn du erstmal gestorben bist,
sich dir die Frage nicht mehr stellt.

Jedoch – was wurde aus dem Mann,
der so schnell aus dem Leben schied?
Kam er sofort im Himmel an,
den er bislang bewusst vermied?

Mitnichten, hatte Herbert doch
zu Lebzeiten ein zweites Ich,
das wie ein Dämon aus ihm kroch,
spontan, brutal und fürchterlich.

Manch Seitensprung hat er gewagt,
doch wurde er niemals erwischt.
Und noch etwas sei hier gesagt:
Er war ein arger Bösewicht!

Nicht dass er einfach nur fremdging,
das wär' an sich schon schlimm genug.
Zu allem Überfluss beging
er oftmals auch Raub und Betrug.

Die Seinen waren ahnungslos.
Sah'n nie was vom geraubten Geld.
Indes der Herbert mit dem Moos
tat, als gehöre ihm die Welt.

Und plötzlich war der Mann nicht mehr.
Hatte sich still davongemacht.
Den Staatsanwalt wurmte das sehr.
Hätt' ihn gern in den Knast gebracht.

Doch Herbert ist nicht einfach fort
für immer, wie man denken mag.
Befindet sich nun an 'nem Ort,
wo 's weder Nacht ist oder Tag!

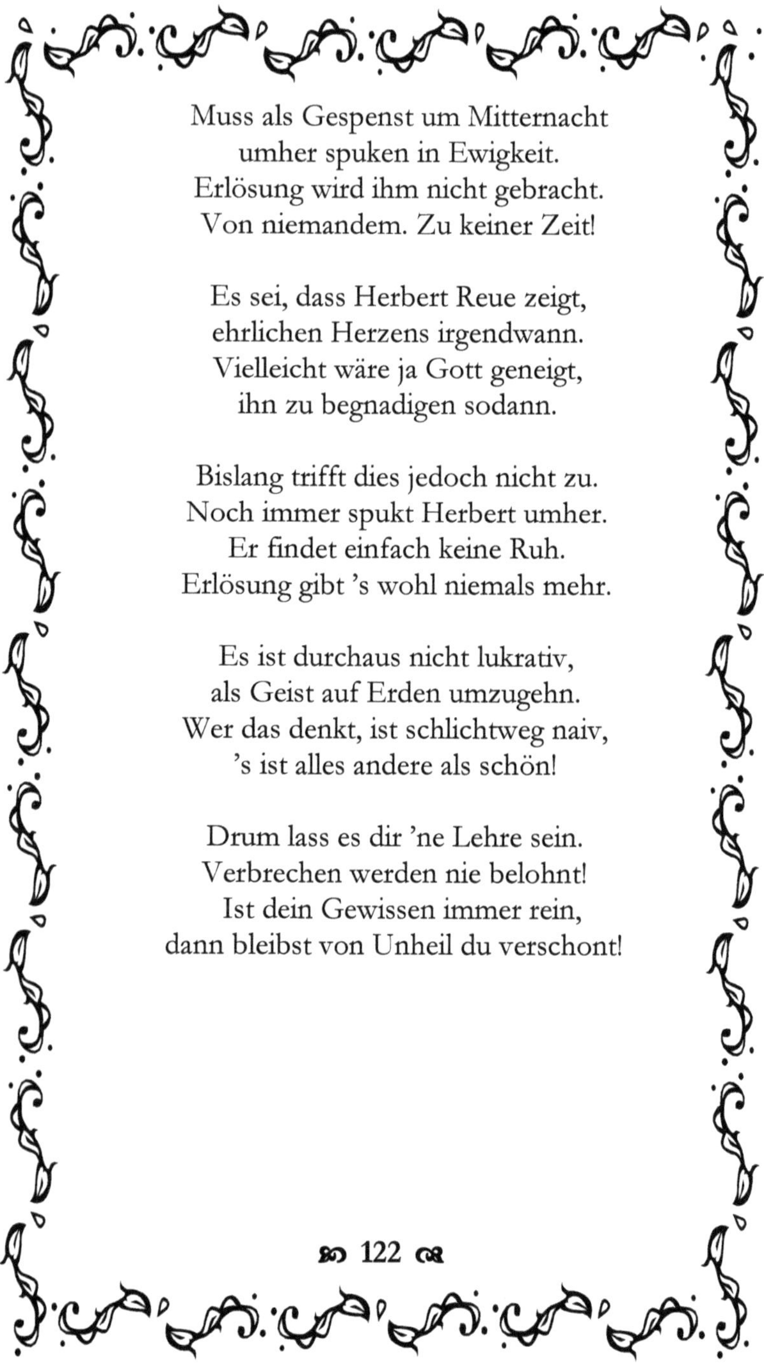

Muss als Gespenst um Mitternacht
umher spuken in Ewigkeit.
Erlösung wird ihm nicht gebracht.
Von niemandem. Zu keiner Zeit!

Es sei, dass Herbert Reue zeigt,
ehrlichen Herzens irgendwann.
Vielleicht wäre ja Gott geneigt,
ihn zu begnadigen sodann.

Bislang trifft dies jedoch nicht zu.
Noch immer spukt Herbert umher.
Er findet einfach keine Ruh.
Erlösung gibt 's wohl niemals mehr.

Es ist durchaus nicht lukrativ,
als Geist auf Erden umzugehn.
Wer das denkt, ist schlichtweg naiv,
's ist alles andere als schön!

Drum lass es dir 'ne Lehre sein.
Verbrechen werden nie belohnt!
Ist dein Gewissen immer rein,
dann bleibst von Unheil du verschont!

Arno Zirm

Wirkungen

Eklig! Seit ich da raus bin, juckt's am ganzen Körper. Obwohl - ist eher ein Prickeln. Jucken kenn ich von meiner Allergie. Nee, prickeln, das trifft's. Und meine Klamotten - wie eingelaufen. Zerr ich aber dran rum - keine Probleme. Selbst wenn ich das Zeug 'ne Handbreit vom Bauch weg zieh - immer noch eng. Aber was kann da noch eng sein?

Muss mir in dem verkeimten Bau irgendwas eingefangen haben. Sieht sowieso schon ulkig aus, das Teil. Das-ist-das-Haus-vom-Ni-ko-laus. Genauso. Bloß mit zwei Fenstern. Und 'ner Tür natürlich. Wo ich grad raus bin.

Vorhin, wo ich rein bin, war mir der Schmuddel egal. Weil, die Denkmalschützer schützen außer sich selbst ja auch alles, was Moos auf sich duldet. Okay hab ich gedacht. Also bin ich gleich bis hinter, wo 'ne Tür auf war. Ulkiger Flur. War mindestens doppelt so lang wie das Haus von außen. Egal.

Hinter der Tür war'n Zimmer. Klar doch. Irre Bude. Meine Mama hätte ... aber die Weiber kriegen ja nicht so leicht 'n Schlaganfall. Aber gekreischt hätt' se. Und nicht zu knapp. Sah aus, wie unsere Disco, wenn die Gruftis Mutantenstadl gespielt haben. Oben 'ne Menge modrige Gardinenfetzen mit getrockneten Viechern dran. So Frösche eben und Fledermäuse und Schlangen. Paar Pilze noch und Grünzeug. Na ja, Braunzeug jetzt. Auf'm Boden Stroh. Und trockene Knochen. Mitten drin ein Tisch und zwei Stühle. So richtig aus Holz. Was auf dem hinteren saß, sah auch aus wie Holz. Vorne der war frei.

Vielleicht wenn ich mich da nicht hingesetzt hätte. Dann brauchte ich mich nicht kratzen hier draußen. Oh, Mann, heiße Tipps von Kumpels. Super, jetzt - prickelt's. Für 150 Eier. Die würd' ich jetzt noch mal hinblättern für'n Entprickler oder sowas. Was musste ich auch auf die Typen hören. „Nee, nee, die Alte is fähig. Die hat's drauf, eh! Fraach Kalle! For fuffzich mal rascheln hatse dem die Pickel wegjepustet. Kiek'n dir an, siehta nich aus wie der Gott Akropolis?"

Nee, ich glaub nicht an Zauberei und so'n Zeug. Aber dass manche Sachen funktionieren, wo verdammich keiner weiß, wie, da kannste nicht vorbei. Auch nicht die Eierköppe. Bin ich eben hin zu der Alten. Fand's sogar toll, dass in meinem Kaff sowas haust.

Da saß also das verwitterte Model. Ja, na klar sah sie aus wie 'ne Hexe. War okay so, das Outfit. Gibt's nichts weiter zu beschreiben. Außer vielleicht, dass sie exakt und genau keinen Kater auf der Schulter hatte. Auch sonst nichts. Nee, auch keine Eule. Aber verdammt knochige Finger hatte sie. Schätze, die war'n hundert Jahre älter als der übrige Body. Damit hat sie auf den Stuhl gezeigt. Also vorne den. Muss ein Magnet drin gewesen sein, ich bin auch gleich drauf geplumpst. Blödmann. Dann hat sie 'ne

Schachtel aufgemacht. So mit 'ner Mini-Fernbedienung. Denk ich mal. Angefasst hat sie das Ding jedenfalls nicht. Toller Trick. Da hat sie dann, klar, musste ja kommen, 'ne Glaskugel rausgeholt. Ohne Standfuß und hat trotzdem überm Tisch geschwebt. Na ja, ist aber nicht so wichtig. Der andere Krempel war viel interessanter. So Spielkarten, die man eine durch die andere stecken konnte. Da haben die gestöhnt wie … also … abends so in den Filmen und so, na ja. Und 'nen glühenden Steinkopf, sah aus wie'n Standard Dämon aus'm Film.

Den hat's bestimmt nicht gekribbelt. Mich ja. Wenn das so weitergeht, muss ich zum Hautarzt. Aber wenn einen da die Kumpels seh'n!

„Hey, haste schon gehört, unseren Professer hat's erwischt. Am Pimmel. Würde der sonst dahin …"

Bla bla. Versuch mal, hinterher so'n Gerücht wegzuputzen.

Jetzt brauch mich auch nicht gerade einer sehn, wie ich da rübergucke auf das Haus von der Alten. Tuten mir sonst bloß die Ohren voll: „Hat's geklappt? Und haste schon probiert?" Hab ich natürlich nicht. Bin ja grad erst raus. Hat ganz schön gedauert, der ganze Zirkus. Aber so Leute, alt wie Steinkohle, die haben's nicht so mit Speed. Klar dass ihre erste Frage war, ob ich genug Knete dabei habe. Ok, hab ich. Also hatte ich. Jetzt nicht mehr. Scheiße, mit der Doppel-Nightwish CD ist es erstmal nichts. Blöd, dass die Alte gesehen hat, dass ich schwer genug war. Muss mir was anderes zulegen für meine Knete. Nicht so zum Reingucken.

Dann hat sie geschnarzt, was ich von ihr will, wo ich doch jung und gesund bin. Starker Spruch eh. Der Ton kam auch gut rüber. Ist ja 'ne Hexe, völlig ok so. Hab ihr dann erzählt, wo's kokelt. Die hat ja hundertpro keinen Draht zu meinen Alten. Da kann man ja ruhig mal was gucken lassen. Dass ich's mit Büchern habe. Und mit ausprobieren von Sachen, die die Leute dann eher nicht so lustig finden. Aber die Kumpels. Die finden's voll krass und staunen, dass man aus Wörtern was basteln kann. Die Alte hat da 'nen richtigen Blick gekriegt, als ich das erzählt habe. Nicht so wie aus der Gruft. Na, vielleicht hat sie auch mal gebastelt, wo sie noch gelebt hat.

Hauptproblem: Die Weiber finden das nicht so toll. Die lässt das eher kalt. Ich bin eben nicht Kalle, der sogar mit Pickeln jede Käte zum Brett machen konnte. Einfach so durch anknurren. Jetzt ohne Pickel erst recht. Oder der schöne Berti. Der würde meinen Taschentresor als Lederlappen zum Motorradputzen nehmen. Ohne vorher reinzusehen, ob was drin ist. Hat er nicht nötig. Kann sich Nierenwärmer kaufen, wenn er sie braucht, jeden Tag 'ne andere Haarfarbe.

Klar, ich darf auch mal naschen, auf Partys und so. Bin ja nicht unbeliebt. Aber eben der Professor. So seh' ich auch aus. Nüscht für die Weiber.

Die ganze Zeit, wo ich das erzählt habe, hat sie vor sich hingebrabbelt, die Alte. Dabei hat sie durch ihre Kugel auf den Steinkopf geguckt. Und der zurück, na ja wie Dämonen eben so gucken. Ist auch auf dem Tisch rumgewandert, das Ding. Ein schöner Quatsch!

Eine Viertelstunde hab ich bloß dagesessen. Öde. Aber die Kemenate ist größer geworden. Nee, zu seh'n war nichts wegen den Lappengelumps, was überall rumhing. Bloß, dass ihr Geleier plötzlich mit Echo war. Und ein Echo gibt's erst ab 34 Meter. Mit mir keine Tricks!

Dann hat sie mich angebläkt: „So, das Weibliche hat es dem jungen Herrn angetan! Mädchen verführen die Hülle und Fülle! Ach, ach, ach, ich kenn Euch alle! Na schön, nur zu! Du sollst haben, was du haben willst! Her mit dem Geld, was Besseres hast du ja sowieso nicht!"

Möchte bloß wissen, was die Besseres kennt. Irgendwie so was hab ich auch abgelassen, und dass ich hoffentlich auch was geboten kriege dafür. Wer weiß, ob sie mit den paar Werkzeugen auf'm Tisch was runtergeladen kriegt ohne Break, hab ich dann noch nachgeschoben. Und ob sie die Weiber kennt, also was die heutzutage so haben wollen, ehe sie einen an sich ranlassen. Ob das auch klargeht, dass ich von den Typen keine gescheuert kriegen kann, wenn ich ihnen die Mädels jetzt abstaube. Aber da ist sie dann ausgerastet. Irgendwas hatte sie mächtig in Brast gebracht, vielleicht kann sie keine Computer ab. Oder keine Zweifel, ob sie fähig ist.

Ihre Buchte ist dann noch größer geworden. Wärmer auch. Bestimmt der blöde Kopf. Und ihre Stimme klang wie Mickymaus, aber verdammt nicht so lustig. Nee, verdammt nicht.

„Wird's bald? Her damit! Alles! Und dann wirst du schon sehen, was die Alte kann!"

Und ich schütte meine ganze Knete hin, ich Knallkopp. Jetzt kann ich zuseh'n, wie ich bis zum nächsten Papaquetschen hinkomme. Was gegen das Kribbeln kann ich mir auch nicht leisten. Werd nachher in der Hausapotheke stöbern, aber ich weiß schon jetzt, dass ich mir 'nen brauchbaren Fund abschmatzen kann. Mensch, was ist das bloß! Vielleicht sollte ich mir von den letzten Coins ein paar Eistüten holen und mir auf die Pelle schmieren. Aber so richtig ran komm ich an die gar nicht. Ist da schon was drauf? Sieht aus wie ein Millimeter Abstand oder zwei. Lässt meine Finger nicht so richtig ran an den Body. Aber zu seh'n ist nichts. Mensch, ein Glück auch, dass das nicht grün ist.

„Ein Marsmensch, ein Marsmensch!" Das Geschrei! Und die Terraner würden von

Tomaten bis Granaten alles an mir ausprobieren. Denk ich mal. Nach soviel Filmen wissen die ja, was zu tun ist.

Moment mal! Die Alte hat doch was gezwitschert, als der Tisch brannte! Klar, erstmal 'ne Menge Zeug mit 'ner Menge A's und R's drin. Hörte sich ulkig an, wo doch ihre Stimme immer piepsiger wurde. Na ja, nee, ulkig nicht. Nicht wirklich ulkig. Und der Dämon hat sich geärgert. Hab ich genau gemerkt. Irgendwie.

Aber dann:

„Ha ha, nimm sie dir nur, die Mädchen. Jetzt kannst du sie alle haben. Es kann sie dir keiner streitig machen. Sollen sie's doch versuchen. Sie werden sich die Finger brechen! Das wolltest du doch? Mädchen? Ja? Jetzt kannst du! Nur zu! Was wirst du nun mit ihnen anfangen?"

Gute Frage. Diese komische Schicht auf mir, soll die mich vielleicht schützen? Na schön, aber komm ich jetzt überhaupt ran an die Weiber und die an mich? Na ja, wird' ich erstmal mal lostrampeln, ehe mich wer sieht hier. Und ausprobieren. Aber dein Haus soll dir überm Kopf zusammenfallen, alte Krähe, wenn du mir was angehext hast, was ich gar nicht wollte.

Äh...was geht denn nu los? Die ihr Haus ...
Fällt zusammen, das Ding ...
Neeee ...
Mensch, die ist doch noch da drin! Klar, wo sonst! Aber ...

So hab ich das doch nicht gemeint! Och neeee ...

War ich das? Quatsch, geht ja nicht, ich bin ja hier. Also nicht da drüben. Ufff ...

Komisch, wie zusammenfallen ist das gar nicht. Das Ding verdunstet! Und alles zieht's irgendwo nach innen. Ein Glück auch. Wenn sich der Mief ausbreiten würde, oh, Mann! Priezelt langsam runter bis zum Fundament. Termiten? Aber von oben? Nee, kann nicht sein. Gäbe auch nicht diesen komischen Dunst. Und die fressen auch nicht so gleichmäßig runter.

Hey, da ist sie ja, die Alte. Also ihr Kopf erstmal. Sitzt in ihren verwinkelten Wänden wie einem vergammelten Labyrinth. Na bloß gut, dass sie alles heil ...

Jetzt hat sie mich gesehen! Winkt irgendwie. Oder? Was ...

Aaaahh...

Is die blöde? Die hat was auf mich geworfen! Nee, gestrahlt. Nee, gespritzt. Ach, scheißegal.

Aber ich bin in Ordnung! Ist zurückgeprallt. Oder gespiegelt. An mir. Cool. Beine? Sind da. Arme? Da. Kopf? Quatsch, ist ja klar. Hat sie Pech gehabt, die Zicke. Wo ist sie ...

Die ist weg! Da, wo sie eben war, ist ein Loch in der Erde. Ja klar. In der Erde. Das Haus ist jetzt nämlich weg. Bis auf den Steinkopf. Der ist da, wo ungefähr der Tisch war. Aber drüber! Also in der Luft irgendwie. Tolles Ding. Und wütend. Noch mehr, als vorhin. Wieso wütend? Woher weiß ich das?

Oh, Mann, da drüben, da geht's weiter! Rechts und links die Häuser, nee, die Wände! Wie Wasser! Fließen einfach runter. Is ja'n Ding! Wasserfall. Ja, so sieht's aus. Und dann sprühen sie hoch über das Loch und rein. Sieht super aus! Jetzt kann man in die Häuser reingucken. Ulkig!

Ganz schön Pech gehabt, die Leute. Der Teufel auf den Trümmern kichert - hoffentlich allianzversichert. Wer da wohnt, wo sich mächtige Leute in die Haare kriegen, kann schon mal in die Kacke treten. Sollte rechtzeitig wegziehen, solange die sich noch abknutschen. Aber wie komm ich auf Teufel? Na ja, der Steinkopf sah irgendwie so aus. Das wird doch nicht der Boss selber sein? Ist jetzt größer geworden. Jetzt dreht er sich wie'n Kreisel. Bloß verschwinden! Mist, da ist die Straße weg.

Äh... die Straße! Weg! Und der dreht sich immer noch! Ich muss ...

Es sah alles sehr ordentlich aus. Nach Vollendung der ersten Umdrehung war die Materie in einem Kreis von achtzehn Metern in einen grauen Nebel verwandelt, der zum Kompressionspunkt floss.

Bei der nächsten Umdrehung war dann besser zu erkennen, dass sich der Kreis kontinuierlich ausweitete. Auch in die Tiefe. Die Präzision ließ darauf schließen, dass der durch Überreaktion ausgelöste Prozess stabil

und unumkehrbar war. Die besondere Ästhetik des Vorgangs wurde nun auch nicht mehr durch die Geräusche der mitgerissenen Luft gestört. Die Schallgeschwindigkeit war überschritten.

Für die Bewohner des Planeten war dies jedoch von geringer Bedeutung. Eben so wenig, wie die Frage nach der Bewohnbarkeit weiterer Planeten im Universum.

Iris Fritzsche

Der Schatten

Mondlicht durchdringt windzerzauste
Wolkenfetzen,
im nächtlichen Wald kraftvoll Bäume rauschen,
Zeit der Nachtdämonen, Träume und Geister.
Ein einsames Haus steht im Wald,
darin schlafend ein Mensch in seinem Bett.

Auf seiner Brust, festgekrallt,
ein Alptraumdämon.
Verzweifelt wirft sich der Mensch hin und her,
schreit auf, erwacht,
schwitzend mitten in dunkler Nacht.

Der Mond schickt bleiche Lichtfinger
ins Haus.
Sie blicken durch Fenster und Türen.
Der Mensch, im Bett, vor Angst noch erstarrt,
blickt ihnen mit großen Augen entgegen.

Da hört er Schritte tapsen
auf knarrenden Dielen,
im Türrahmen erscheint eine dunkle Gestalt.
Es ist Nacht im Haus, mitten im Wald.

Vom Fenster das Mondlicht
beleuchtet die Szene.
Der Schatten füllt den Türrahmen aus.
Näher kommt er, Schritt für Schritt.
Da trifft ihn das Taschenlampenlicht.

Es ist mein Mann, mit grinsendem Gesicht!

Michael Gimmel

Ballade von der missbrauchten Kreatur

(nächtliche Begegnung der vierten Art)

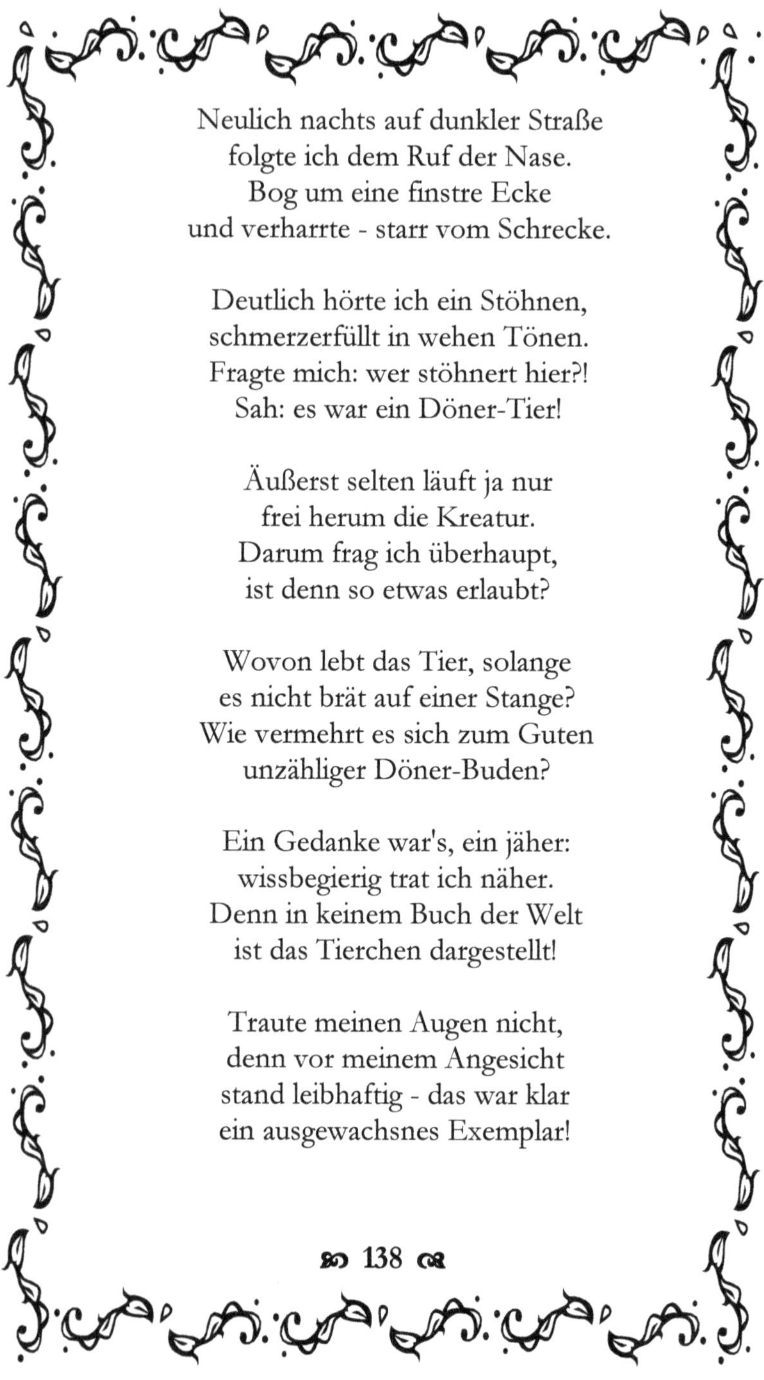

Neulich nachts auf dunkler Straße
folgte ich dem Ruf der Nase.
Bog um eine finstre Ecke
und verharrte - starr vom Schrecke.

Deutlich hörte ich ein Stöhnen,
schmerzerfüllt in wehen Tönen.
Fragte mich: wer stöhnert hier?!
Sah: es war ein Döner-Tier!

Äußerst selten läuft ja nur
frei herum die Kreatur.
Darum frag ich überhaupt,
ist denn so etwas erlaubt?

Wovon lebt das Tier, solange
es nicht brät auf einer Stange?
Wie vermehrt es sich zum Guten
unzähliger Döner-Buden?

Ein Gedanke war's, ein jäher:
wissbegierig trat ich näher.
Denn in keinem Buch der Welt
ist das Tierchen dargestellt!

Traute meinen Augen nicht,
denn vor meinem Angesicht
stand leibhaftig - das war klar
ein ausgewachsnes Exemplar!

Arme hat das Biest wohl nicht,
nur ein Mund sitzt im Gesicht,
Beine nur als Rudimente
stummelhaft an jedem Ende.

Körperform ist optimal,
(zwar überdimensional)
walzenförmig, wurstgestaltet,
wo des Züchters Hand gewaltet.

Anatoliens Bauern haben
Kenntnis, die sie weitergaben.
Hunderte von Jahren alt,
so gewann das Vieh Gestalt.

Eine Öffnung geht hindurch.
Vorn nach hinten - wie beim Lurch.
Einzig dient sie jenem Zwecke,
dass man's auf die Stange stecke,

wenn sein Daseinszweck sich findet
und man es vorm Grill festbindet:
Schon im Leben angepasst
an den Tod am Martermast.

Wovon wird es sich ernähren,
wäre sicher noch zu klären?
Ohne den Verdauungstrakt
ist das ein schwieriger Akt.

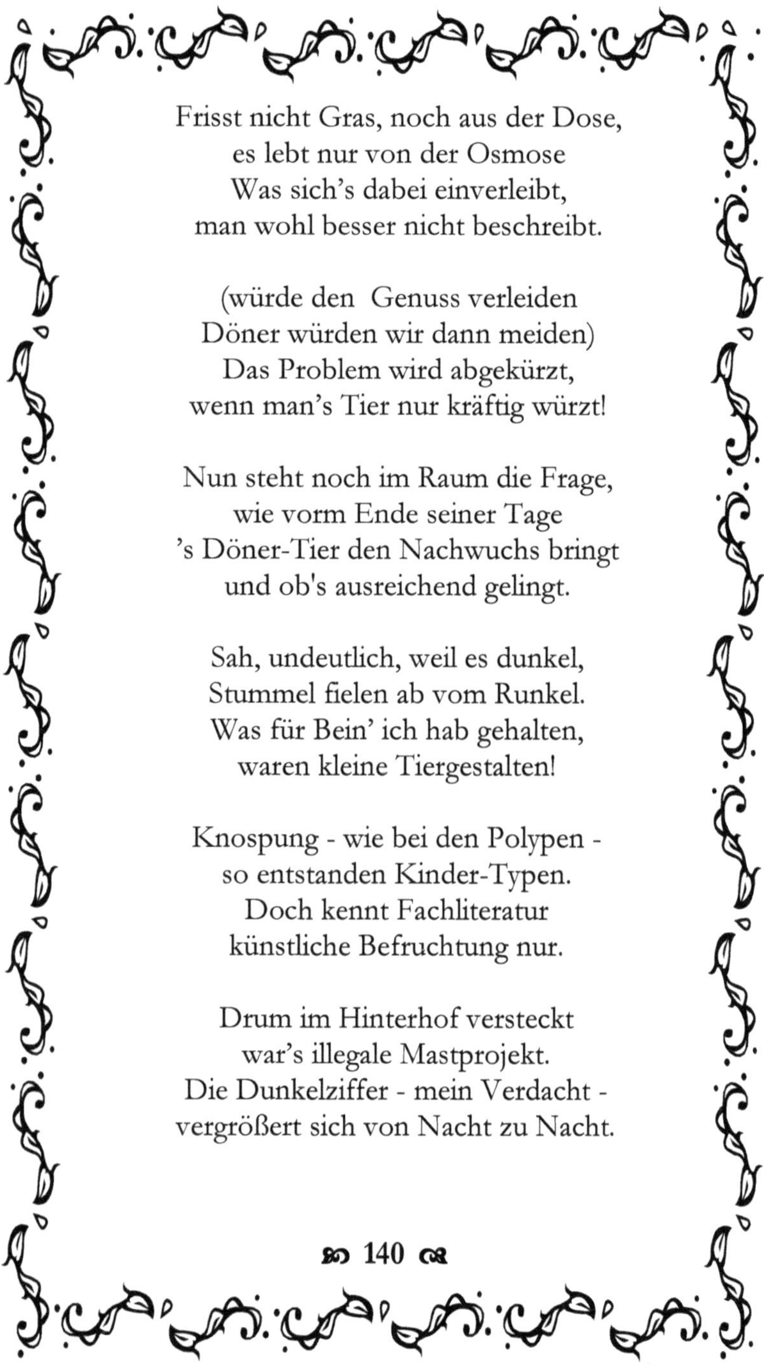

Frisst nicht Gras, noch aus der Dose,
es lebt nur von der Osmose
Was sich's dabei einverleibt,
man wohl besser nicht beschreibt.

(würde den Genuss verleiden
Döner würden wir dann meiden)
Das Problem wird abgekürzt,
wenn man's Tier nur kräftig würzt!

Nun steht noch im Raum die Frage,
wie vorm Ende seiner Tage
's Döner-Tier den Nachwuchs bringt
und ob's ausreichend gelingt.

Sah, undeutlich, weil es dunkel,
Stummel fielen ab vom Runkel.
Was für Bein' ich hab gehalten,
waren kleine Tiergestalten!

Knospung - wie bei den Polypen -
so entstanden Kinder-Typen.
Doch kennt Fachliteratur
künstliche Befruchtung nur.

Drum im Hinterhof versteckt
war's illegale Mastprojekt.
Die Dunkelziffer - mein Verdacht -
vergrößert sich von Nacht zu Nacht.

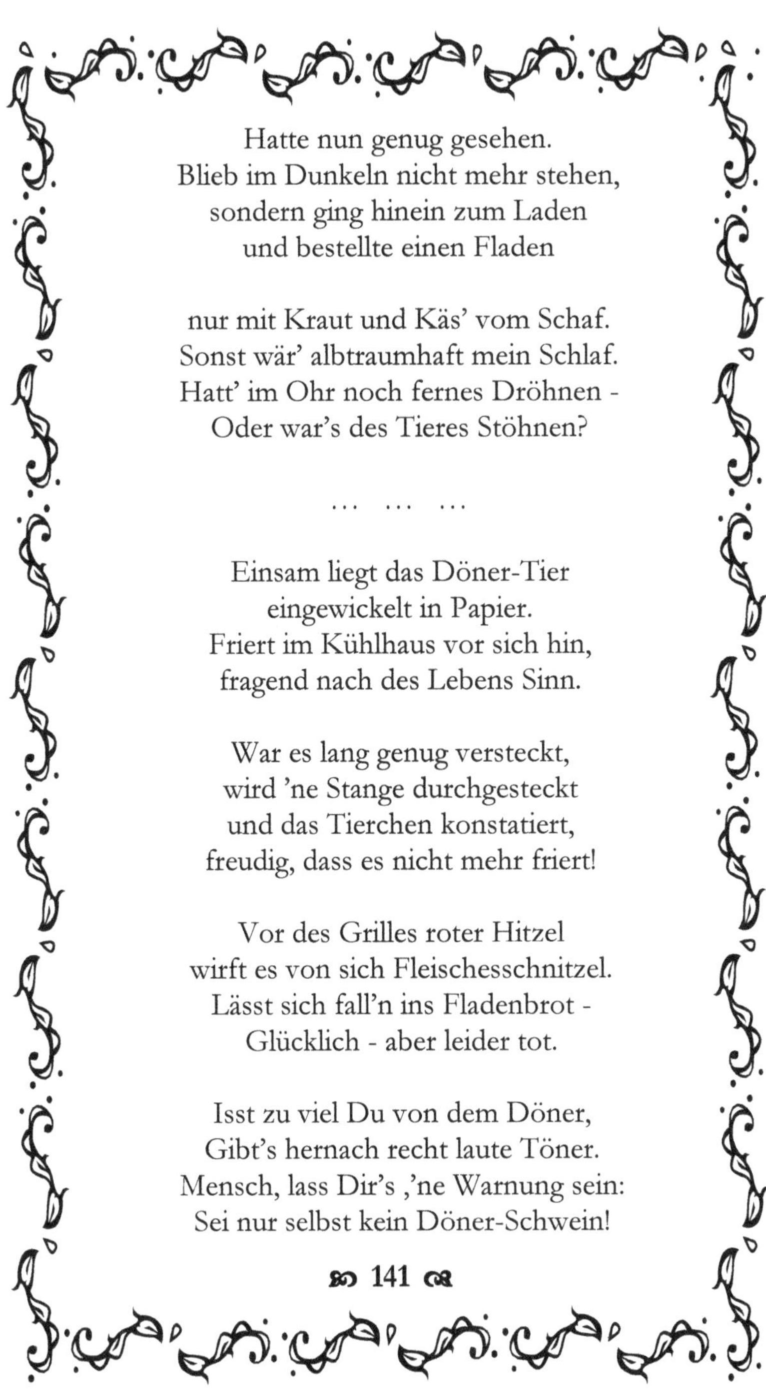

Hatte nun genug gesehen.
Blieb im Dunkeln nicht mehr stehen,
sondern ging hinein zum Laden
und bestellte einen Fladen

nur mit Kraut und Käs' vom Schaf.
Sonst wär' albtraumhaft mein Schlaf.
Hatt' im Ohr noch fernes Dröhnen -
Oder war's des Tieres Stöhnen?

…   …   …

Einsam liegt das Döner-Tier
eingewickelt in Papier.
Friert im Kühlhaus vor sich hin,
fragend nach des Lebens Sinn.

War es lang genug versteckt,
wird 'ne Stange durchgesteckt
und das Tierchen konstatiert,
freudig, dass es nicht mehr friert!

Vor des Grilles roter Hitzel
wirft es von sich Fleischesschnitzel.
Lässt sich fall'n ins Fladenbrot -
Glücklich - aber leider tot.

Isst zu viel Du von dem Döner,
Gibt's hernach recht laute Töner.
Mensch, lass Dir's ,'ne Warnung sein:
Sei nur selbst kein Döner-Schwein!

Iris Fritzsche

Der Schrei

Es ist nach Mitternacht. Die Geisterstunde ist abgelaufen. Plötzlich reißt mich ein schriller Schrei aus den Träumen. Er klang ganz nahe am Haus. Fast wie eine Frau, die um Hilfe ruft. Doch keine menschliche Seele ist weit und breit. Das Haus steht mitten im Wald, abseits jeglicher Zivilisation. Da, ... wieder dieser unheimliche Ton!

Ich springe aus dem Bett. Das Bett meines Partners ist leer. Angstschweiß bricht auf meiner Stirn aus. Schon wieder! Doch jetzt hat das Geräusch die Richtung geändert ... und die Entfernung! Er scheint nun, etwas weiter entfernt zu sein. Noch immer sitze ich zitternd auf der Bettkante. Im schwachen Mondlicht kann ich kaum etwas erkennen. Aufgeregt suchen meine Füße die Hausschuhe. Nach einer scheinbaren Unendlichkeit habe ich sie gefunden. Und erneut dieser Schrei! Ich eile in Richtung Haustür. Meine Taschenlampe, traue ich mich nicht, anzuschalten, aus Angst, was ich dann eventuell Schreckliches sehen könnte. Die Haustür, sie steht offen! Leise rufe ich den Namen meines Partners. Seine tiefe, ruhige Stimme ertönte aus Richtung der Hausterrasse. Er war es also, der die Tür offen stehen gelassen hatte. Das beruhigt mich etwas. Ihm war also nichts passiert. Vor Kälte und Aufregung bibbernd trete ich ebenfalls hinaus auf die Terrasse. Verflixt hatte es sich abgekühlt. Dabei war der Tag doch warm und sonnig gewesen.

Da standen wir nun beide, lehnten auf der Brüstung und lauschten dem unheimlichen Schrei. Leise begannen wir darüber zu diskutieren, ob es vielleicht eine Eule war, die uns hat aufschrecken lassen. Währenddessen ertönte erneut dieser Ton. Irgendwie klingt es wie eine Tonaufnahme aus einem Horrorfilm. Doch dieses mal war es anders. Ein zweiter, scheinbar völlig anderer Ruf, tönte durch den nachtschwarzen Wald. Es klang wie das Röcheln eines asthmatischen Hundes. Aber jedes „wau" einzeln? Nein, das war kein Hund. Ein Geist? Ein Waldschrat? Das erscheint mir auf Grund der Situation gar nicht mehr so völlig unwahrscheinlich. Und immer wenn ich denke, es ist vorbei, ist er wieder da, der Schrei. Falsch, jetzt sind es ja zwei. Das macht die Angelegenheit weder besser noch erklärlicher. Und immer diese Richtungsänderungen!

Ich friere vor Angst, Kälte, Aufregung und Müdigkeit. Mein Partner legt seinen Arm um mich und schiebt mich konsequent in Richtung Bett. Unterwegs schauen wir auf die Uhr. Es ist fast 2:00 Uhr. Mehr als eine reichliche halbe Stunde hat der Spuk nicht gedauert. Aber er sitzt noch immer tief in den Gliedern. Selbst als wir langsam in den Schlaf hinüber dämmern, verfolgen uns noch immer die unheimlichen Rufe, deren Ursache wir nicht ergründen können.

Sina Blackwood

Lust am Laster

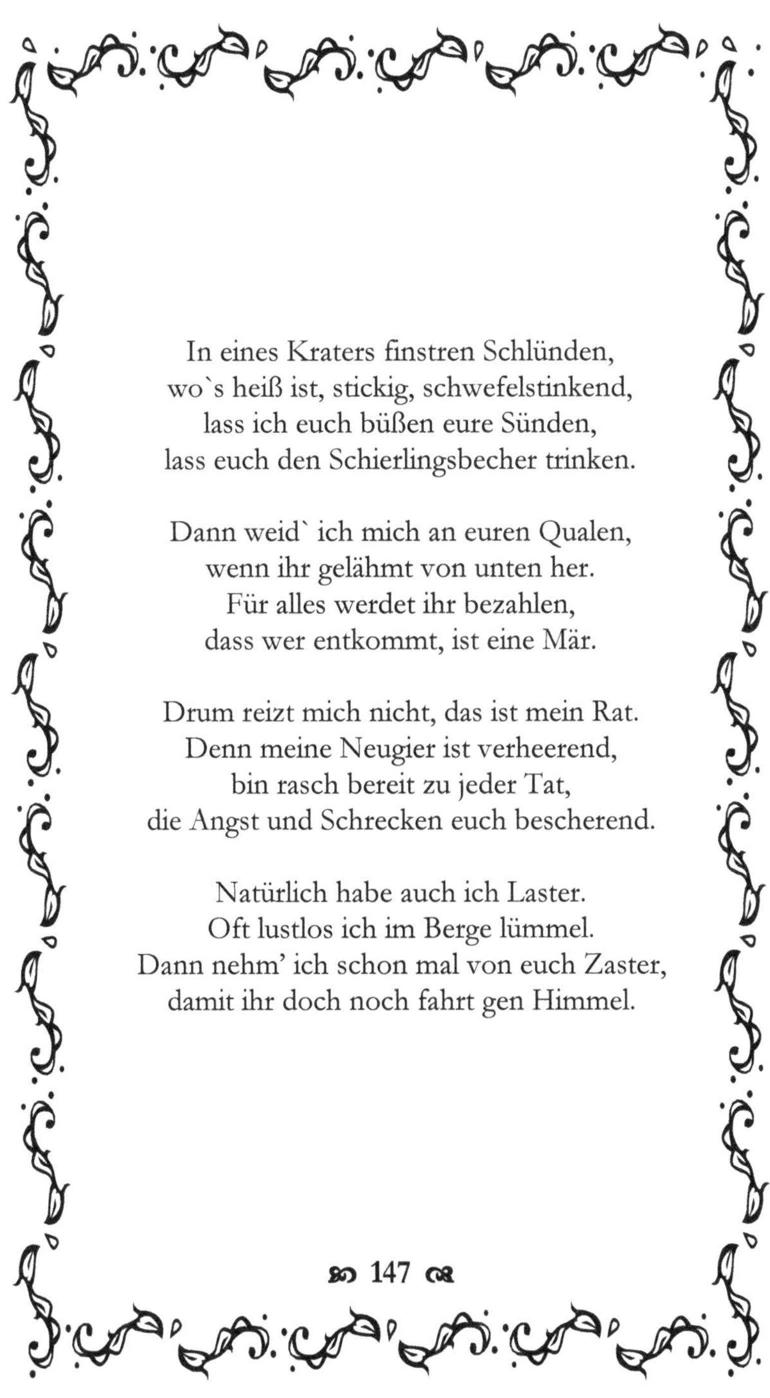

In eines Kraters finstren Schlünden,
wo`s heiß ist, stickig, schwefelstinkend,
lass ich euch büßen eure Sünden,
lass euch den Schierlingsbecher trinken.

Dann weid` ich mich an euren Qualen,
wenn ihr gelähmt von unten her.
Für alles werdet ihr bezahlen,
dass wer entkommt, ist eine Mär.

Drum reizt mich nicht, das ist mein Rat.
Denn meine Neugier ist verheerend,
bin rasch bereit zu jeder Tat,
die Angst und Schrecken euch bescherend.

Natürlich habe auch ich Laster.
Oft lustlos ich im Berge lümmel.
Dann nehm' ich schon mal von euch Zaster,
damit ihr doch noch fahrt gen Himmel.

Matthias Albrecht

Der alte Friedhof

Der alte Friedhof hinterm Ort
ruht still im späten Abendlicht.
Man sagt, es spuke Nächtens dort,
jedoch Genaues weiß man nicht.

Noch nie hat jemand es gewagt,
zur Geisterstunde hinzugeh'n,
um sich die Sache unverzagt
mal aus der Nähe anzuseh'n.

Man spricht sehr ungern nur davon.
Am liebsten will man gar nichts hör'n.
Auch fürchtet man mit Spott und Hohn
das Unheil erst herauf zu schwör'n.

Ein Weinhändler aus Rheinland-Pfalz,
dem dies Gerücht zu Ohren kommt,
der lacht gleich laut aus vollem Hals,
und macht dann einen Vorschlag prompt:

Will auf dem Friedhof über Nacht
dem Mythos gehen auf den Grund.
Er meint, es wäre doch gelacht,
wenn sich was tät zur Geisterstund'.

Zum Frühschoppen am Tag darauf
will er davon gern berichten.
Dass es dann Storys gäb zuhauf,
glaube er jedoch mitnichten.

Man schlägt die Hände übern Kopf,
total schockiert und fassungslos.
Er ist verrückt, der arme Tropf!
Oh Gott, wie denkt er sich das bloß?

Den Mann schert das Gerede nicht.
Mit Schlafsack und 'ner Flasche Wein
er dann zum Friedhof gleich aufbricht,
denn bald schon wird es dunkel sein.

Derweilen, in der Gastwirtschaft,
wird laut und heftig debattiert,
bis nach zwei Dutzend Bier man rafft,
das dies nicht wirklich zu was führt.

Der Mensch ist seines Glückes Schmied,
doch wenn der Mann nun etwas tut,
was man bislang tunlichst vermied,
dann ist das Leichtsinn und nicht Mut.

Am nächsten Morgen finden sich
die Frühschoppler sehr zahlreich ein.
Der Weinhändler jedoch kommt nicht.
Sollt' ihm etwas geschehen sein?

'nen Friedhofsgang bei Sonnenschein –
den traut sich jeder Dörfler zu.
So macht sich denn auch Groß und Klein
zum Gottesacker auf im Nu.

Man sieht den Mann von weitem schon,
wie er auf einem Grabstein sitzt.
Stiert vor sich hin, sagt keinen Ton,
ist splitternackt und ganz verschwitzt.

Was ihm passiert sei, fragt man gleich.
Ob er Gespenster hätt geseh'n.
Der Mann hockt weiter da, ganz bleich.
Es scheint, als würd' er nichts versteh'n.

Nur ganz allmählich taut er auf.
Doch sein Gehirn bleibt tiefgefror'n.
Nimmt jetzt das Schicksal seinen Lauf?
Hat er wohl den Verstand verlor'n?

„Wu esch 's näggschde Woilokal?",
fragt er. „Isch haww ä bissl Doscht."
Und setzt hinzu mit einem Mal:
„Uff Kesselflääsch un Lewwerworscht."

Ganz ratlos jetzt fragt nochmals man,
was ihm denn widerfahren sei.
Spricht ihn auf die Gespenster an;
da schüttelt sich der Nackedei.

„Nu babbelt nit so dummes Zeich!
Was koscht 'n scho ähn Schoppe Wei?
Des reescht mich völlisch uff sogleich.
Des isch zu schä, um wahr zu sei!"

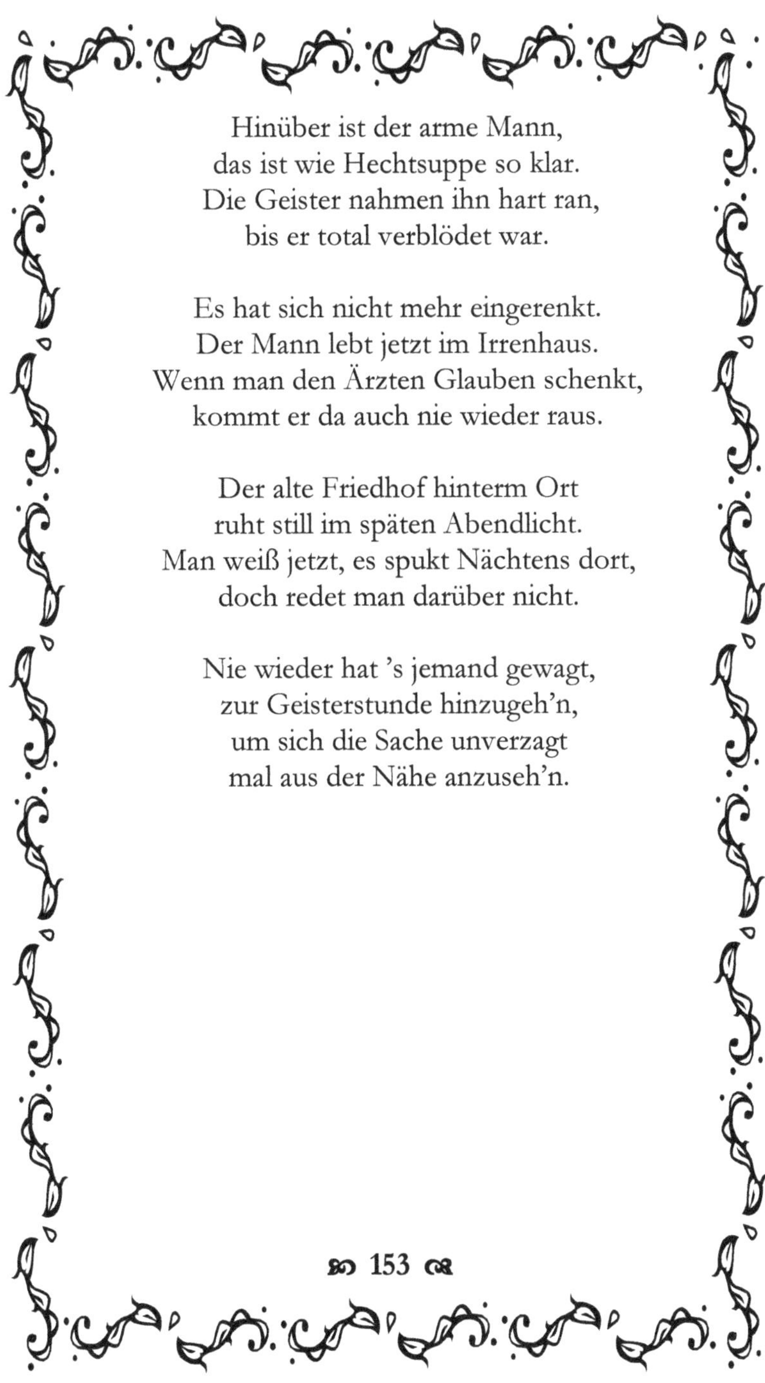

Hinüber ist der arme Mann,
das ist wie Hechtsuppe so klar.
Die Geister nahmen ihn hart ran,
bis er total verblödet war.

Es hat sich nicht mehr eingerenkt.
Der Mann lebt jetzt im Irrenhaus.
Wenn man den Ärzten Glauben schenkt,
kommt er da auch nie wieder raus.

Der alte Friedhof hinterm Ort
ruht still im späten Abendlicht.
Man weiß jetzt, es spukt Nächtens dort,
doch redet man darüber nicht.

Nie wieder hat 's jemand gewagt,
zur Geisterstunde hinzugeh'n,
um sich die Sache unverzagt
mal aus der Nähe anzuseh'n.

Iris Fritzsche

Nächtliche Autofahrt

Es ist Nacht und kaum noch Verkehr auf der Landstraße. Deshalb gönnte Hannes sich den Luxus, in Gedanken noch einmal die Fakten zu dem neuen Projekt zu überarbeiten. Immerhin hatte er übermorgen Fertigstellungstermin und noch war es unvollständig. Darum schreckte er auch auf, als etwas mit dumpfem Knall gegen die Frontscheibe prallte. Erschrocken fuhr er an den Straßenrand. Vorsichtig stieg Hannes aus. Er griff nach der kleinen Taschenlampe, die er immer im Handschuhfach liegen hatte. Damit ging er nach vorn, um nachzuschauen.

War sicher nur ein großer Käfer, aber sicher ist sicher, dachte Hannes bei sich. Um so erstaunter war er über das, was das wirklich seine Scheibe getroffen hat. Es war – ein Frosch! Vielleicht aber auch eine Kröte. Jedenfalls nichts, womit er hätte rechnen können. Kopfschüttelnd entfernte er die Froschreste mit dem Scheibenkratzer, spülte mit der Waschanlage nach, setzte den Scheibenwischer in Gang. Nach vier oder fünf Wischrunden war auch der letzte schleimige Rest verschwunden. Woher der Frosch kam, war ihm noch immer unklar.

Doch er hatte einen langen, anstrengenden Tag hinter sich und wollte eigentlich nur noch nach Hause in sein Bett. Deshalb schob er die Grübelei über das Projekt gedanklich beiseite und stieg wieder in den Wagen. Er drehte den Zündschlüssel, starrte noch einmal auf die Scheibe, an der gerade noch der Frosch geklebt hatte und blickte geradewegs auf einen übergroßen vollen Mond. So nahe schien dieser noch nie, wie in diesem Moment. Er startete den Wagen und fuhr zügig an. Der Mond war noch immer da. Genau zwischen den Bäumen, in Blickhöhe der Frontscheibe, die er vor wenigen Minuten gereinigt hatte. Wie hypnotisiert starrte er dem Mond mitten ins Gesicht. Ja, das sah wirklich wie ein Gesicht aus.

Aber irgendetwas war falsch. Der Mund, so breit malen ihn nicht ein Mal Kinder, er schien bis an beide Enden des Mondgesichts zu reichen. Der Mond grinste ihn an! Wieso grinste der ihn an? Seit wann konnte der das überhaupt? Wie er noch so überlegte, schien der Mond noch weiter an die Scheibe herangerückt zu sein.
Ja, er füllte sie beinahe komplett aus. Und der Mund – er öffnete sich. Zwei Reihen spitzer Zähne zeigten sich.
Ein dämonisches Mondgrinsen mit Zähnen, fuhr es ihm durch den Kopf.

Während Hannes noch über das Mondgrinsen nachdachte, verschluckte der zähnegespickte Mund ihn samt Auto. Dabei ertönte eine Stimme, wie aus einem tiefen Fass kommend.

„Du schaffst es nicht! Gib auf!", vernahm er, gefolgt von einem unwirklich klingenden Lachen.

Ein dumpfes *plop* und dann – Stille. Vor Schreck hatte Hannes die Augen zugekniffen, die Hände vom Lenkrad genommen und über

Kreuz vor sein Gesicht gehoben. Eigentlich keine gute Reaktion, wenn ein Auto bereits fährt. Doch das geschah so spontan, dass Hannes gar nicht darüber nachdachte. Auch schien das Auto angehalten zu haben. Langsam senkte er die Arme wieder und öffnete ein Auge. Der Mond samt Grinsen waren verschwunden.

Nun war er mutig genug auch das zweite Auge zu öffnen. Trotzdem sah er nicht mehr als zuvor mit dem einen. Eigentlich sah er – gar nichts. Alles um ihn herum war blendend weiß. Auch das Einschalten der Scheinwerfer half nicht. Ihr Licht wurde von dem Weiß einfach verschluckt. Sein Versuch Licht in die Sache zu bringen, wurde mit erneutem Gelächter quittiert. Dieses verursachte bei ihm eine Gänsehaut, die sich bis zu den Nackenhaaren ausbreitete.

Vielleicht half es ja, wenn er das Seitenfenster öffnete und die Hand hinaus streckte. Gedacht getan. Nun passierten zwei Dinge fast gleichzeitig. Das unbekannte Weiß quoll in den Innenraum und jemand zog an seinem Arm. Sehen konnte er noch immer nichts. Sicherheitshalber zog er den Arm wieder zurück. Ja, der war noch komplett, sah aber wie bepudert aus. Auch das Weiß, welches hereingequollen war, schien pudrig. Und es roch leicht süßlich. Das war zu viel für seine überreizten Nerven. Sie schickten Hannes in eine, von allen Fragen erlösende, Bewusstlosigkeit.

Als er erneut erwachte, sah er zunächst wieder nur weiß. Doch dieses Mal waren darin noch Abstufungen. Aus dem grässlichen Lachen war ein Piepsen geworden. Gerade wollte Hannes wieder die Augen schließen als ein Gesicht auftauchte. Ganz langsam nahm es Gestalt an. Und es war nicht das furchteinflößende, zähnegespickte des seltsamen Mondes! Dieses Gesicht kam ihm bekannt vor. Es lächelte ihn an. Da fiel es ihm wieder ein – so lächelte seine Frau immer wenn er etwas verzapft hatte.

Er versuchte aufzustehen. Doch aus irgend einem Grund funktionierte das nicht. Er schien eingewickelt wie eine Mumie. Sprechen konnte er auch nicht. Da steckte etwas unbekanntes in seinem Mund. Jetzt tauchte ein weiteres Gesicht auf, dazu gehörte ein Körper in einem weißen Kittel. Schon wieder etwas Weißes! Was war hier los? Gerade hatte er doch noch in seinem Auto gesessen, auf dem Weg nach Hause. Dabei hatte er über irgend etwas nachgedacht. Hannes versuchte, sich zu erinnern.

Da war das mit dem Frosch. Danach der grinsende Mond, die fürchterliche Stimme und das Gänsehautlachen, der undurchdringliche weiße Nebel – was war davor? Und wo war er jetzt? Panisch versuchte er, sich umzuschauen. Viel sah er nicht, weil auch sein Kopf sich nicht so bewegen wollte, wie beabsichtigt. Eine Hand legte sich beruhigend auf seinen Körper. Es war die von seiner Frau.

„Schatz, du hattest einen Unfall. Wahrscheinlich konntest du mal wieder nicht aufhören, an deine Arbeit zu denken. Jetzt hast du Zeit und wirst nicht mehr von deinem Stressdämon gejagt. Komm zur Ruhe.“

Arno Zirm

Im Keller

Oh ja, er musste sich schon vorsehen. Das kleine Häppchen Dämon, das er war, galt nicht viel hier im Reich des toten Lichts. So schlich er denn entlang der magischen Linien, doch immer ein wenig daneben. Das kostete Kraft und Zeit. Brachte aber den Vorteil, mit einem Zauber geringer Qualität schnell aus dem Weg zu verschwinden, wenn die Verbieger oder Zeitwürger vorbeidonnerten. Und große Magie hatte er sowieso nicht zur Verfügung. Aber er war zäh. Verfolgte also seinen Weg. Denn er wusste, da hinter dem Tor konnte er eine Zeitlang saugen an der Energie der Fleischtrottel. Wenn's auch nicht ergiebig war. Aber von denen gab's ja so viele.

Doch hoppla, aufgepasst! Fast wär es passiert und so kurz vor dem Tor! Ein Wahrheits-Verbieger! Fäden aus Zeit und Raum umgaben den. Eine grauenhafte Ansammlung von Knoten, die sich lösten und verbanden und das in einem fort. Ein Wirrfeld um sich bildend, das anzog und verzog und verbog, was in die Nähe kam. Fast auch ihn, den unachtsamen Kleinen. Kurz dachte er, gerade erst aufgebrochen zu sein, dann wieder meinte er, gesättigt zurückzukommen. Auch noch andere Varianten der Wahrheit, verfälscht, zerstückelt, durchlöchert, doch alle gleichwertig zu gleicher Zeit. Jedoch er fing sich, strebte wieder dem Tor zu, noch aufmerksamer jetzt. Und ohne Groll auf den Verbieger, denn dessen Wirken war ihm Vorteil.

Ei, der Spaß, wenn Millionen der Dortigen glaubten, sie glauben das Richtige. Und waren doch nur Spielgerät ihrer Oberen, die sich die Hilfe dieser Verbieger gesichert hatten. Wenn er erst durchs Tor war, würde er auch davon profitieren von der Verwirrtheit der Fleischigen. Durfte sich nur nicht zerwirbeln lassen so nebenbei durch eigene Unachtsamkeit. Wie eben fast. Ach wenn er doch kräftiger geworden wäre, damals, als er aus dem heißen Schlund gezerrt wurde! Aber das nahm er sich vor: Wieder ein wenig mehr als letztlich würde er saugen an der Lebenskraft der Festweichen. Das würde ihm hier nützen. Eines Tages dann ...

Und da nun das Tor! Jetzt den richtigen Moment abgepasst! Einfach so durch - das ging nicht.

Diese Bögen aus einer Ur-Energie, die keinem der Höllengeborenen gehorchte, die nur gerade eben den Durchgang der Starken duldete; die der Tücke fähig war wie Alle und Alles hier, sie fraß kleine Dämonen im Nebenbei. Doch nicht ihn, bis jetzt. Damals, als er von Anderen aufschnappte, wo es was zu holen gab, hatte er erst beobachtet, wie es zu machen sei. Hatte viele Kleine, seiner Art, viele Fehler machen seh'n. Jeder nur einen, versteht sich. Ihm zum Nutzen. Er wusste nun: Wenn sich, was häufig genug vorkam, fünf Zeitwürger zugleich durchs

Tor drängelten, dann hatte das mit sich selbst und den Würgern genug zu tun. Und er konnte an einer Kante vorbei und durchwitschen. Wo er herauskam - unbestimmt. Ihm auch egal.

Immerhin, es war jedes Mal irgendwo unterirdisch. Tiefgarage, Kartoffelkeller, Banktresor, er hatte schon viel gesehen. Und ein Fleischiger tauchte nach kurzer Wartezeit immer auf. Daran hatte er dann einen Mondlauf sein Auskommen. Man musste dem nur ein paar Fähigkeiten nehmen, ein paar Andere geben. Schon nach der halben Zeit hatte er den meist soweit geformt, dass er kräftig liefern konnte an dämonischer Energie. So schwebte der Kleine denn diesmal wieder in einem Keller. Einem von der etwas besseren Sorte allerdings. Nun gut.

Als dann dieses lächerliche Gebilde aufging, was sie hier als Tür bezeichneten, war seine Zeit gekommen. Er zog sich auseinander, verteilte sich, wurde durchsichtig. Was ihm nichts von seinen Fähigkeiten nahm. Zum Beispiel zu lesen, was der Eintretende dachte. Oft schon gedacht hatte, wie sich zeigte. Eigentlich immer irgendwie ähnlich den anderen.

„Was mich das ankotzt! Jetzt wieder in der Kühltruhe wühlen. Sich um jeden Quark selber kümmern müssen. Auf Arbeit. Zu Hause. Im Urlaub. Bah! Ja, der Bernhausen, der hat seine Leute, zu Hause, überall. Unter anderem mich. Und ich muss ihm das Chefdasein leicht machen. Gottverdammich. Muss seh'n, dass ich bald wen wegschubsen kann von einem guten Posten.“

Das passte ja prima! Gier zog den Schwebenden ein wenig zusammen, so dass neblige Fäden durch den Keller zogen. Der Fleischige war indes so wütend, dass er nur ärgerlich übers Gesicht wischte. Der Dämon konzentrierte sich flink und begann seine Verwandlung. Da war ja diesmal nicht viel zu tun. Das schwabbelige Wesen war ja fast fertig, ihm gleich schon in Vielem. Noch ein paar Skrupel nehmen, die Kenntnisse nutzen, Anpassung vervollkommnen. Die kleinen Dinge des Lebens hier beachten. Jetzt also die Lasagne aus dem Kühlfach, Säfte und Wein eingepackt und ab.

Diese Kellertreppe - ein Ärgernis jedes Mal. Wieso eigentlich jedes Mal? Na egal. Was da alles jetzt so dranhing an ihm, das Gewicht, da war das einfach mühsam. Das Essen - immer zuviel. Kein Wunder, dass man ... und die Alte dort oben, die behauptete, seine Frau zu sein, ist schuld. Wenn man die auf elegante Weise loswerden könnte! Allein würde er viel besser zurechtkommen. Das wusste er. Aber dazu brauchte man Geld. Also blieb nur eins: Auf Arbeit musste ein Zahn zugelegt werden, möglichst auf Kosten der anderen. Was taten die denn schon für ihn? Und aus den Sachvorgängen musste mehr herausgerechnet werden. Unentbehrlich musste man werden in

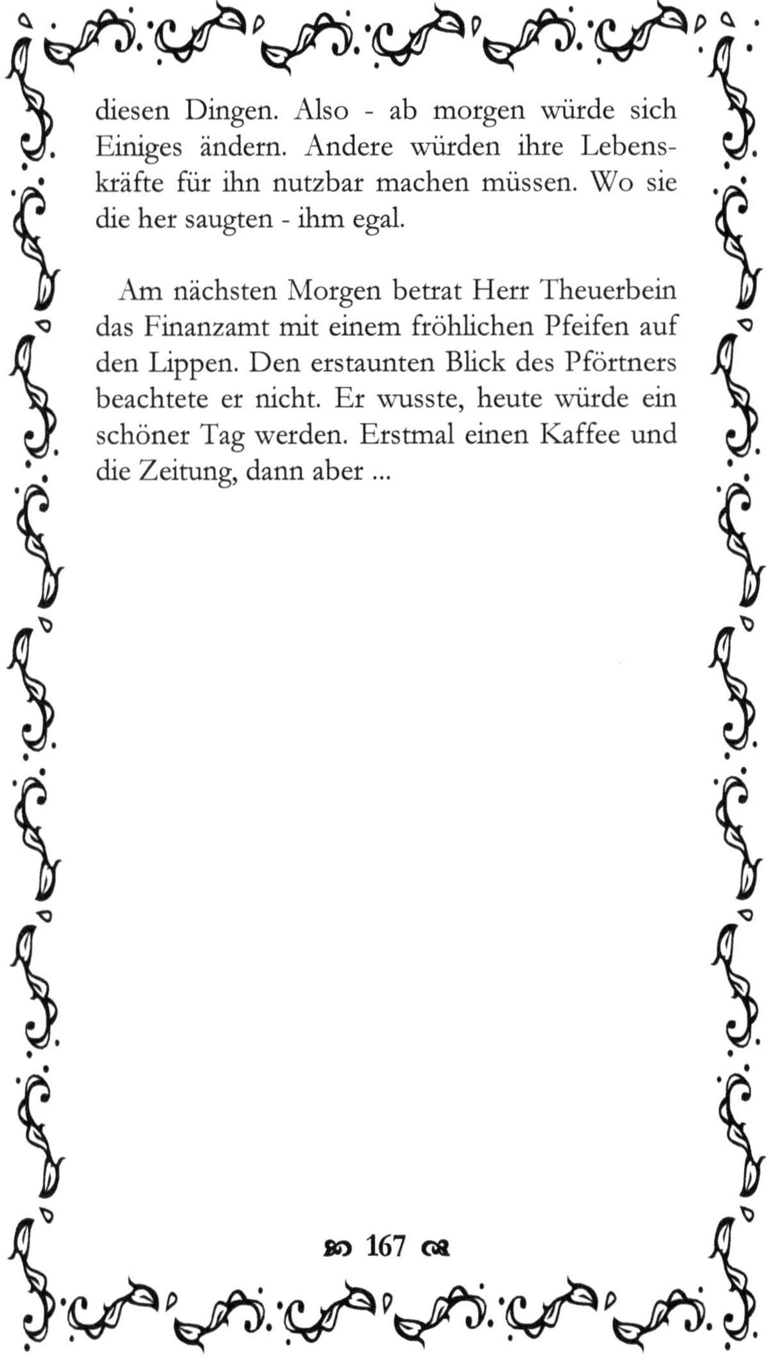

diesen Dingen. Also - ab morgen würde sich Einiges ändern. Andere würden ihre Lebenskräfte für ihn nutzbar machen müssen. Wo sie die her saugten - ihm egal.

Am nächsten Morgen betrat Herr Theuerbein das Finanzamt mit einem fröhlichen Pfeifen auf den Lippen. Den erstaunten Blick des Pförtners beachtete er nicht. Er wusste, heute würde ein schöner Tag werden. Erstmal einen Kaffee und die Zeitung, dann aber ...

Udo Rupp

Die Schönheit
des Meeres

König Alkohol kann zum Dämon werden. Er lässt uns Worte reden, die wir nie sagen wollten. Er verführt uns zu Taten, die wir nie tun wollten.

Mit der Kraft des Alkohols können wir aber auch Dinge sehen, die uns später wie ein Traum erscheinen. Diese Erfahrung machte ich vor vielen Jahren.

Damals besuchte ich die Achtern-Strom-Bar in Warnemünde.

Beim Eintreten sahen wir gleich neben der Tür ein großes Schild. In schwarzen Buchstaben stand auf weißem Grund geschrieben: *Sie werden platziert!*

So, so, man musste also Beziehungen haben, um dort hinein zu gelangen. Das sollte uns nicht stören. Wir hatten ja reserviert. Ein Kellner kam. Wir nannten unseren Namen und wurden zu dem, für uns reservierten, Tisch geführt.

Wir bestellten Herrengedeck, das hieß Bier mit Sekt.

Gegenüber der Bar war die Bühne. Nach einer Weile begann die Band, Combo hieß sie damals, zu spielen. Leichtbekleidete Tänzerinnen hüpften und sprangen über die Bühne. Nun ja, es war unterhaltsam, sollte aber nicht alles sein.

Wir gingen an die Bar und tranken Jonny Walker – Red Label. Das hatte den Geschmack der weiten Welt. Auf der Bühne sang nun ein Shanty-Chor.

Wir setzten uns wieder an den Tisch und tranken Herrengedeck.

Ein Schlagerduo sang Lieder von Rostock und von Varadero, dann wieder Ballett. Es wurde schon lauter unter den Gästen.

Viele schunkelten oder sangen mit. Nach dem Ende des Showprogramms war immer noch Stimmung im Saal. Ein Moderator betrat die Bühne und lud alle Anwesenden zum Tanz ein.

Die Herren, die mit ihren Damen erschienen waren, taten das auch. Andere suchten sich einsame Herzen und amüsierten sich ebenfalls beim Tanzen. Auch ich, wegen des verzehrten Alkohols mutiger als sonst, bat eine junge Frau, mit mir zu tanzen. Sie lehnte dankend ab.

Weshalb denn das?

Ich setzte mich wieder, kam mir blöd vor und ging an die Bar.

„Einen Martini bitte“, sagte ich zum Mann hinter dem Tresen.

„Wodkini“, antwortete der. Ich fragte „Was ist das denn?“

Er klärte mich auf „Der Gin ist alle. Ich kann den Wermut nur mit Wodka anbieten“.

„Auch egal“, sagte ich. „Hauptsache, es dröhnt.“ So trank ich also Wodkini.

Die Frauen wurden schöner, die Kellnerinnen, ob schlank oder üppig, waren sehr begehrenswert. Sie lächelten mich an, aber waren unberührbar. Sie sollten hier bedienen!

Ich bekam neuen Mut, ging an einen Tisch, an dem nur Damen saßen, bat um einen Tanz und – bekam wieder nur einen Korb.

Traurig und blamiert zugleich ging ich wieder an die Bar. Dieser Kummer war nur mit Schnaps zu ertränken.

Die Band spielte karibische Klänge. Ich bestellte Mojito, Cuba-Rum mit Pfefferminzblättern und viel zerstoßenem Eis. War das nicht das Getränk, das der Weltmann Ernest Hemmingway oft und gern getrunken hatte? Ja, so wollte ich auch sein, wie Ernest Hemmingway, nur das tun, was ich für richtig halte. Oder so, wie Jack London, mit dem Schiff in die Südsee fahren und dem Wolfgesetz folgen.

Noch bevor ich ganz in Träumen versank, holte einer meiner Freunde mich zurück an den Tisch. „Lass man gut sein Ruppi, bei den Frauen haben wir heute kein Glück. Wir sind bestimmt schon zu betrunken." Die Band spielte ein Lied von den Beatles: „All you need is love". Herrengedeck wollte ich nicht mehr trinken. Die Kohlensäure drehte mir schon den Magen um. Nun bestellte ich Rum-Cola. Meine Freunde saßen stumm am Tisch. Die Musik dröhnte immer lauter in meine Ohren. Ich vernahm nur noch Brummen und Rauschen im Kopf. Dann muss ich wohl eingeschlafen sein.

„Junger Mann, aufwachen!"

Schlaftrunken sah ich zur Seite. Neben mir stand eine junge Frau, bezaubernd schön, lange, blonde Haare. Nackter Hals und freie Schultern, um die Brüste trug sie ein grünes Tuch. Eine Kellnerin war es nicht. Vielleicht war sie vom Ballett. Zu schön, um wahr zu sein.

Sie fasste mich an der Hand und sagte: „Komm, steh auf. Hier kannst du nicht bleiben.“

Ich sah mich im Raum um. Nur wenige Menschen waren im Saal. Auch meine Freunde waren nicht mehr zu sehen. Sie zog mich vom Sitz hoch und ich folgte ihr. Wir gingen durch den Saal bis zu der Tür, durch die wir herein gekommen waren. Das Schild, *Sie werden platziert*, war zur Seite geräumt aber immer noch zu sehen.

„Halt, ich muss noch bezahlen.“

„Komm nur, das ist alles schon geschehen“, sagte sie.

Wir gingen über die Strandpromenade und dann durch die Dünen. Es war eine laue Sommernacht. Der silberne Mondschein brachte ihr blondes Haar richtig zur Geltung. Wie reines Gold lag es auf ihren nackten Schultern. Ich wagte kaum, sie näher anzusehen. Wie eine verbotene Frucht wirkte sie auf mich. Vielleicht hält sie mich für einen Spanner und schickt mich fort, wenn ich sie so gierig betrachte.

Mein Erfolg bei Frauen hielt sich in Grenzen. Weshalb hielt mich gerade diese Schönheit fest bei der Hand? Wenn das ein Traum ist, dann soll er nie enden.

Sie aber machte mir Mut, nahm meine Hand und drückte sie fest an ihre Taille. So gingen wir durch die Dünen an den Strand von Warnemünde.

Eine Sandburg versperrte uns den Weg. Am Tage lagen hier die Nackedeis und ließen sich in der Sonne braten. Jetzt, im Mondschein, war hier kein Mensch. Wir setzten uns auf den Sandwall, sie schmiegte sich eng an mich.

Wie die Sirenen, die ihre Opfer betören, wisperte auch sie mir süße Worte ins Ohr. Zarte Arme hatte sie und schmale Hände. Ihre Finger massierten zärtlich meinen Hals. Ihre nackten Arme dufteten betörend.

„Ich zeige dir, was du schon immer sehen wolltest und mache mit dir, was do schon immer spüren wolltest. Jetzt gehören wir zusam-men“, sagte sie. „Ich lasse dich nicht mehr los“.

Wir gingen an das Ufer. Bedingungslos und besinnungslos folgte ich ihr. Dort, wo die Wellen des Meeres den Sand umspülten, bekamen wir nasse Füße. Wenn das alles nur ein Traum war, hätte ich spätestens hier wach werden müssen. Aber wir gingen weiter in das Meer hinein. Sie griff mich ganz fest. Fast zog sie mich, als hätte sie Angst, dass ich zurück bleibe. Einen Schritt hinter ihr, so weit wie zwei verbundene Arme reichen, folgte ich ihr, noch immer wahnsinnig vor Liebe. Nun sah ich sie von hinten, ihren schönen Rücken, ihre enge Taille … und erschrak. Was war das?

Sie begann sich zu verändern. Von der Hüfte abwärts bekam sie silbrig grüne Schuppen. Ihre Beine schienen zusammenzuwachsen.

Ein weiteres Mal zweifelte ich an der Wirklichkeit und wollte stehen bleiben. Sie aber zog so unaufhörlich, dass ich folgen musste. Ihre Hüfte war bereits unter Wasser. Ich sah wieder nur ihren schönen Oberkörper und ging gern mit ihr.

Der Meeresboden fiel weiter ab. Nun war auch ich schon bis zur Brust im Wasser. Wie weit wollte sie mich noch verführen?

„Bleib stehen", rief ich. „Willst du, dass wir ertrinken?"

„Komm mit mir", sagte sie, „du hast es versprochen."

Zwei Schritte waren noch zu gehen, dann fiel der Boden so steil ab, dass wir ganz unter Wasser waren. Jetzt sanken wir immer tiefer. Ich schnappte nach Luft und spürte, dass ich noch atmen konnte.

Das Wasser um mich herum löste sich auf in kleine Nebeltropfen. Je tiefer wir sanken, um so dünner wurde die Nebelwolke und desto klarer wurde die Sicht.

Wir befanden uns in einer Stadt auf dem Grund der Ostsee, weit unter dem Meeresspiegel. Ein silberner Fischschwarm zog über uns dahin.

„Wo sind wir hier?", fragte ich. „Weshalb können wir atmen? Wo ist das Wasser? Warum ziehen die Fische über uns entlang und fallen nicht herunter?“

„Es sind fliegende Fische. Du bist in Schimärpolis. Das ist meine Stadt. Du machst mich sehr glücklich. Bist mir treu geblieben, hast dich nicht abgewendet. Noch nie ist uns ein Mann bis hierher gefolgt.

Sieh nur, all die schönen Wesen sind meine Schwestern. Gefallen sie dir?“

Ich sah mich um. Viele, viele schöne Nixen schwebten um mich herum. Schön fraulich, bis zu den Hüften. Darunter aber glichen sie mehr den Fischen als den Menschen. Sie hatten einen schuppigen Unterleib, eng zusammenheftende Beine und an der Stelle der Füße waren nur Flossen zu sehen.

„Welch eine Verschwendung“, sagte ich, “so viele schöne Frauen mit denen ein Mann nichts anfangen kann!“

„Nichts anfangen sagst du? Wir sind reich. Sieh nur, unsere Häuser sind aus Perlen und Muscheln gebaut.“

Ich sah mich weiter um. Ja, es war nicht gelogen. Wertvoll sahen sie aus, die Häuser. Die Stadtmauer war aus wunderschönen Korallen zusammengesetzt. Davor lagen Wracks von Schiffen, die schon vor hunderten von Jahren gestrandet waren. Dukaten und Edelsteine lagen verstreut im Riff.

Man aß von edlem Geschirr, trank aus silbernen Bechern. Die Nixen umschwärmten mich, säuselten mir zärtliche Worte ins Ohr und dennoch war hier alles unterkühlt. Ich spürte das Fischblut in ihren Adern.

„Nymphonia, was ist mit deinem Mann? Mag er uns nicht?", fragten die Nixen.

Nymphonia hieß also meine Liebste.

Endlich erfuhr ich ihren Namen. Aber auch Nymphonia hatte sich verändert. War sie in den Dünen von Warnemünde noch heißblütig und wild, so schien sie hier unten sehr überlegen und kühl.

Sie lobte mich wegen meiner Treue. Doch was nützt all die Treue, wenn die Liebe erkaltet? Was soll ich mit einer Dame ohne Unterleib? In einer Stadt, die nie ein Strahl der Sonne erreicht, die kalt ist wie ein Grab.

Das Grün der Bäume, das Gold der Sonne, das Blau des Himmels, all die Dinge, die man jeden Tag auf der Erde geschenkt bekommt – ihren Wert erkennt man erst, wenn man sie nicht mehr hat.

Wie viel Zeit vergangen ist, weiß ich nicht. Die Sehnsucht nach Liebe zu der schönen Frau wich immer mehr. Es erfüllte mich die Sehnsucht nach wärmenden Sonnenstrahlen. Ich konnte nicht schlafen. Ich träumte nur noch von den Düften des Sommerwindes, vom Rauschen des Meeres. Es rauschte und dröhnte in meinem Kopf, als müsste mir der Schädel zerspringen. Dann spürte ich die zarten Finger von Nymphonia, die mir ein kaltes Tuch in den

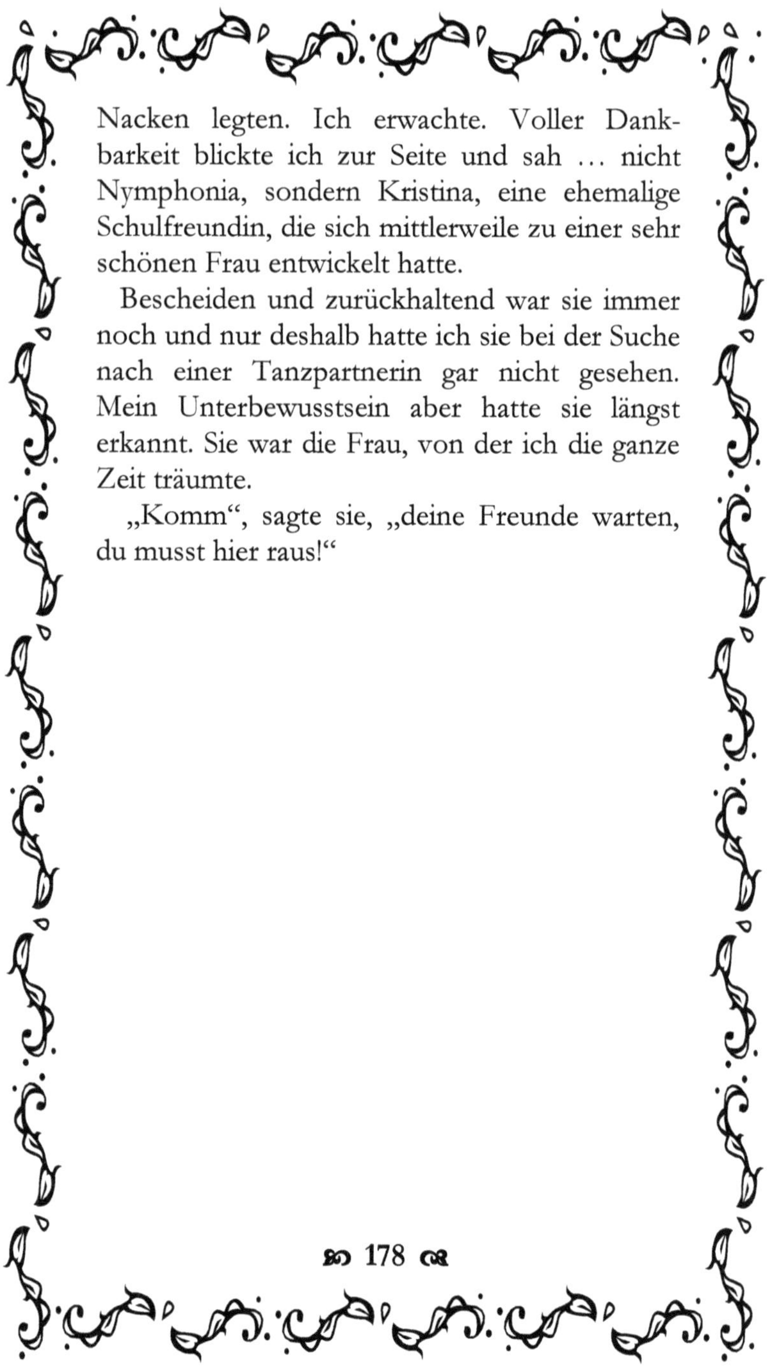

Nacken legten. Ich erwachte. Voller Dankbarkeit blickte ich zur Seite und sah … nicht Nymphonia, sondern Kristina, eine ehemalige Schulfreundin, die sich mittlerweile zu einer sehr schönen Frau entwickelt hatte.

Bescheiden und zurückhaltend war sie immer noch und nur deshalb hatte ich sie bei der Suche nach einer Tanzpartnerin gar nicht gesehen. Mein Unterbewusstsein aber hatte sie längst erkannt. Sie war die Frau, von der ich die ganze Zeit träumte.

„Komm", sagte sie, „deine Freunde warten, du musst hier raus!"

Susanne Weinsanto

Dämonen- und Schreckgestaltenparty

Durch eine besondere Genmutation geschah es, dass die Kakerlaken eine fast menschliche Größe und Intelligenz besaßen. Sie versteckten sich weiterhin vor den Menschen, denn sie wussten, dass die Menschen sie nur umbringen wollten.

Wie das mit dem Verstecken so ist, irgendwann wird man doch entdeckt, und so kam es auch für die Kakerlaken. Eines Tages kam Udo gerade nach Hause und sah, wie sich irgendetwas Riesiges, Schwarzes gerade auf den Weg machte, unter sein Bett zu kriechen. Udo bekam Angst und zog sofort das Bett auf die Seite. Er stieß einen gellenden Schrei aus, griff nach einem Knüppel, und versuchte, das doch sehr groß geratene Insekt, zu erschlagen. Udo fragte sich, ob er nun schon Dämonen in seiner Wohnung hatte? Es gelang ihm nicht, es zu jagen und zu fangen, dafür war die Schabe viel zu schnell und viel zu intelligent. Udo konnte ja auch nicht ahnen, dass diese Kakerlake lediglich zu einer Party wollte, deren Zugang in einer Mauerspalte direkt unter seinem Bett lag. Bei dieser Party waren auch alle Dämonen aus der Umgebung eingeladen und natürlich auch alle Werwölfe, Geister, einfach alles, vor dem Menschen normalerweise Angst hatten. Die Kakerlake freute sich schon sehr darauf, ihren besten Freund Afigulalala zu treffen. Einer der bekanntesten und gefürchtetsten Dämonen, nicht nur in der Menschen- sondern auch in der

Tier-, und damit in der Kakerlakenwelt. Doch diesen Dämonen liebte die Schabe und sie mochte auf keinen Fall auf ein Treffen mit ihm verzichten.

Nachdem Udo dem Ungeziefer einige Zeit hinterhergerannt war, waren sie beide sehr erschöpft. Udo setzte sich auf sein kleines Sofa und beobachtete argwöhnisch die Kakerlake. Die Kakerlake andererseits schaute zu Udo und traute ihm ebenso wenig.

Nachdem beide ausgeschnauft hatten, versuchte die Schabe, mit Udo Kontakt aufzunehmen. Zuerst legte sie einen Fühler auf den rechten Schenkel von Udo, doch dieser stieß dieses eklige Etwas gleich wieder weg. Es war offensichtlich ein Teil einer Kakerlake und mit so etwas, egal welcher Größe, wollte Udo nichts zu tun haben.

Jetzt versuchte es die Kakerlake mit Sprechen und sagte: „Hallo Udo, bitte töte mich nicht, ich bin doch auch nur ein Lebewesen wie Du. Und ich will doch nur zu einer Dämonen- und Schreckgestaltenparty.

Da war Udo ein weiteres Mal erschreckt, jetzt konnte das Tier also auch noch sprechen!

Es musste wohl Udos Gedanken gelesen haben, denn es sagte: „Na klar kann ich sprechen, wir Kakerlaken haben schon lange eine Parallelgesellschaft aufgebaut, von der ihr Menschen nicht mal etwas ahnt. Ihr seid so doof und so naiv. Ihr habt Angst vor dem

Unbekannten. Aber statt euch mit dem Fremden auseinanderzusetzen, verurteilt ihr alles sofort. Warum wolltest du mich denn erschlagen, obwohl du mich doch noch gar nicht kennst? Doch auch nur deshalb, weil dir irgendjemand mal irgendwann gesagt hat, dass Kakerlaken hässlich sind und wir Krankheiten übertragen. Aber ich sag dir was: Ja es stimmt, wir haben einst Krankheiten übertragen und wir waren auch sehr hässlich. Besonders hübsch sind wir ja bis heute nicht, Krankheiten übertragen wir allerdings schon lange keine mehr.“

Udo musste daran denken, wie recht die Kakerlake hatte. Statt sich mit dem auseinanderzusetzen, was man nicht kannte, verurteilte man es lieber und das, obwohl man es doch gar nicht kannte. Wieso redete er nicht einfach mal mit den Homosexuellen, und mit den Menschen, die eine andere Hautfarbe hatten? Nein, er wechselte lieber die Straßenseite … und das, obwohl er in seinem tiefsten Inneren eigentlich genau wusste, dass diese Menschen auch nicht anders waren, als er selbst. Viele wollten ihn wahrscheinlich nur nach der Uhrzeit oder den Weg zum Bahnhof fragen.

Noch kein einziges Mal hatte er sich mit einem Straßenmaler, oder einem sonstigen Straßenkünstler unterhalten, obwohl er deren Arbeit doch so sehr bewunderte. Und warum? So genau wusste er das selber nicht.

Wahrscheinlich war der wirklich einzige Grund der, dass ihm diese Menschen fremd vorkamen.

So entwickelte sich ein immer intensiveres Gespräch zwischen Udo und der Kakerlake. Und nicht nur das. Die Kakerlake erklärte Udo, wie man es besser machen konnte, und zeigte es ihm auch. Sie gingen gemeinsam ins Kino, oder auch mal in eine Diskothek. In so manche Diskothek wollten die Türsteher Udo nicht hineinlassen und er dachte: Alles nur wegen einer Kakerlake ... eigentlich ziemlich doof, immer gleich Angst vor allem Fremden zu haben.

Nach und nach zeigte die Kakerlake Udo ihre Welt, und Udo zeigte ihr seine Welt. Nach und nach und ganz langsam fingen sie an, die Welt des anderen wenigstens in Ansätzen zu verstehen. Beide waren sich nicht sicher, ob sie die andere Welt jemals komplett versehen würden, doch das war gar nicht so sehr wichtig. Viel wichtiger war, dass sie gelernt hatten, diese Welten zu akzeptieren..

Es dauerte einige Zeit, aber es entwickelte sich zwischen den beiden eine wundervolle Freundschaft. Udo lernte, keine Angst vor dem Fremden und dem Unbekannten zu haben, sondern offen auf die anderen zuzugehen und zu fragen, wenn er etwas seltsam fand oder nicht verstand. Die Erlebnisse mit den Türstehern an den Diskotheken, oder wenn sie von einer

Verkäuferin nicht bedient wurden, gaben im Lauf der Zeit Udo immer mehr zu denken.

Als er genügend von der Kakerlake gelernt hatte, versuchte er, das auch den wenigen verbliebenen anderen Menschen beizubringen. Leider waren die meisten Menschen nicht dazu in der Lage und verspotteten und warnten Udo. Er würde schon noch merken, was er davon hatte, dass er sich mit Wesen unterhielt, die anders waren als er. Sie waren sich sicher, irgendwann würde Udo es bereuen und er würde von irgendeinem, der anders war, überfallen und ausgeraubt werden.

Es vergingen viele Jahre und die Menschen hörten nicht auf, Udo vor dem Fremden zu warnen, doch Udo beachtete dieses dumme Gerede der anderen schon gar nicht mehr.

Irgendwann verliebten sich Udo und die Kakerlake und nun wurden sie von den anderen Menschen erst recht sehr argwöhnisch betrachtet und regelrecht verteufelt. Doch irgendwann sagte die Kakerlake: „Lass die anderen doch einfach. Es gibt Menschen die es nie verstehen werden, dass Dämonen nicht immer böse sind, und dass jemand der lieb und friedlich aussieht, es noch lange nicht sein muss."

Da dachte Udo: *Was bin ich stolz, dass die Kakerlake mir von ihrem Leben und ihre Wohnung zeigte, wenn die anderen wüssten was sie verpassen, und sich auch mal auf etwas Fremdes einlassen würden, ohne gleich alles zu verurteilen, wäre die Welt um einiges friedlicher.*

Udo und die Kakerlake gingen seit diesem Tag sogar gemeinsam auf Schreckgestaltenpartys. Und diesmal war nun Udo die Schreckgestalt für alle Ungeziefer und Dämonen.

Allerdings nur so lange, bis sie ihn besser kennengelernt hatten.

Vitae

Albrecht, Matthias

Matthias Albrecht wurde 1961 in Leipzig geboren. Ab 1978 als Bühnentechniker an den Städtischen Theatern Leipzigs beschäftigt, wechselte er 1983 zum Untersuchungshaftvollzug und wurde 1992 in das Beamtenverhältnis übernommen.

In seiner Freizeit widmete er sich unter anderem der Ölmalerei und stand dem Studentenfilmstudio einer Leipziger Universität eine Zeit lang als Kameramann und Schnitt-Techniker zur Verfügung.

Erst die politische Wende ermöglichte es ihm, der Leidenschaft, seinen Gedanken in prosaischer und belletristischer Form Ausdruck zu verleihen, nachgehen zu können, ohne das Damoklesschwert der Zensur fürchten zu müssen.

Matthias Albrecht ist Mitglied im Freien Deutschen Autorenverband (FDA) – Schutzverband Deutscher Schriftsteller e.V. – (Landesverband Sachsen)

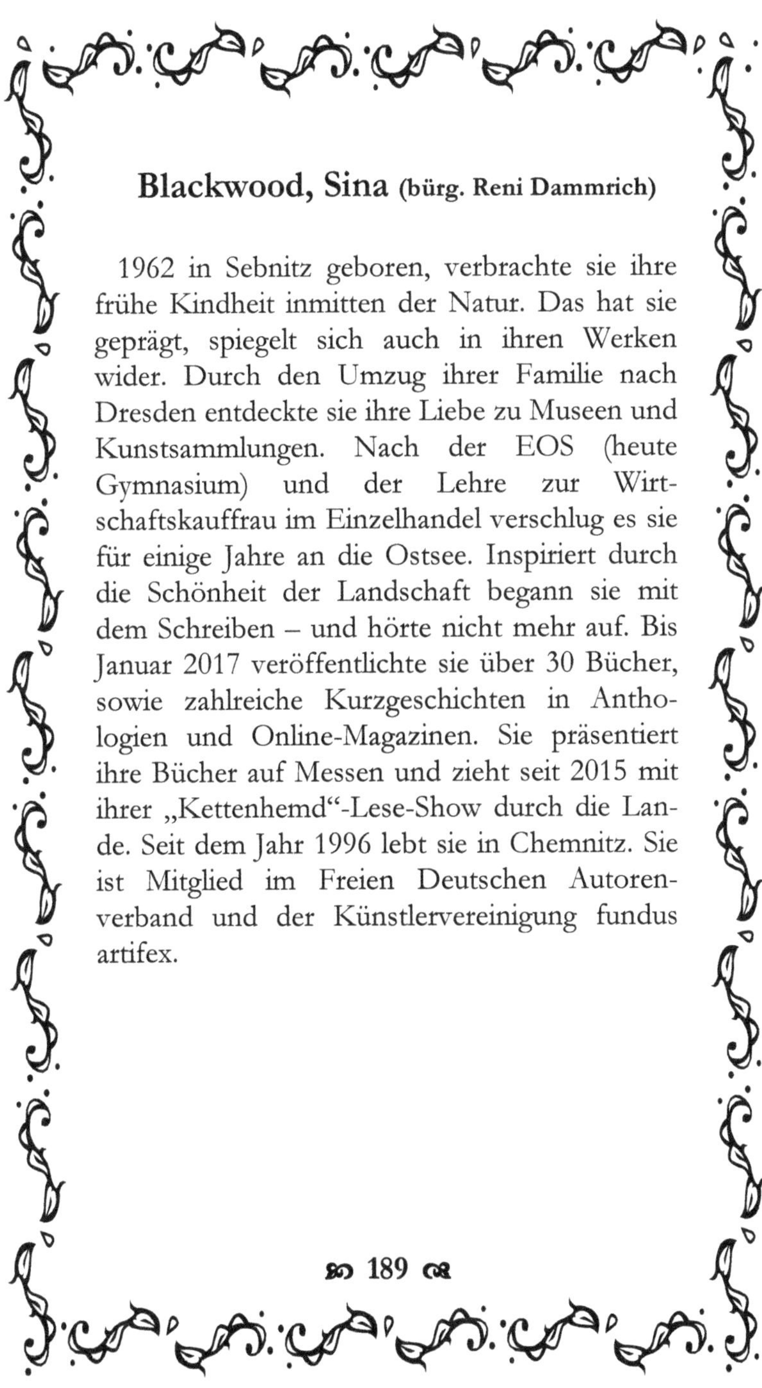

Blackwood, Sina (bürg. Reni Dammrich)

1962 in Sebnitz geboren, verbrachte sie ihre frühe Kindheit inmitten der Natur. Das hat sie geprägt, spiegelt sich auch in ihren Werken wider. Durch den Umzug ihrer Familie nach Dresden entdeckte sie ihre Liebe zu Museen und Kunstsammlungen. Nach der EOS (heute Gymnasium) und der Lehre zur Wirtschaftskauffrau im Einzelhandel verschlug es sie für einige Jahre an die Ostsee. Inspiriert durch die Schönheit der Landschaft begann sie mit dem Schreiben – und hörte nicht mehr auf. Bis Januar 2017 veröffentlichte sie über 30 Bücher, sowie zahlreiche Kurzgeschichten in Anthologien und Online-Magazinen. Sie präsentiert ihre Bücher auf Messen und zieht seit 2015 mit ihrer „Kettenhemd"-Lese-Show durch die Lande. Seit dem Jahr 1996 lebt sie in Chemnitz. Sie ist Mitglied im Freien Deutschen Autorenverband und der Künstlervereinigung fundus artifex.

Elzner, Kay

Er machte 1989 den Abschluss als Maler für Ornamentik und Restauration.

1989 trat er in die Marine ein, wo er während der Dienstzeit das Magazin „BLAUE JUNGS" und diverse Marinekalender illustrierte.

Seit 1996 ist er als freischaffender Illustrator und Maler tätig, der auf Ausstellungen im In- und Ausland zu sehen ist, wie in Agoura Hills (USA), Turin, Bronzolo/Bozen und Bologna (Italien).

Zirka 200 Veröffentlichungen bei verschiedenen Verlagen stehen bei ihm ebenfalls zu Buche, wie zum Beispiel bei KOSMOS, Zauberfeder, Finken, Neue Welten, Berlin-Verlag, Hamburg-Verlag oder Paisano Publications.

2007 und 2014 gewann er den Kulturpreis. Internationaler Literaturnachweis:

DIOZIONARIO DELEGI ILLUSTRATI CONTEMPORANI

Lexikon der Zeitgenössischen Illustratoren
ISBN 88-900665-0-4

www.kayelzner.de

Fritzsche, Iris

Schreiben ist ihr Hobby, dem sie, neben dem Reisen und Lesen, einen großen Teil ihrer Zeit widmet. Da sie noch im Berufsleben steht, bleibt dafür weniger Zeit, als sie gern hätte. Seit 2008 veröffentlicht sie in unregelmäßigen Abständen Bücher. Bis jetzt sind es fünf.

Geboren und aufgewachsen ist sie in Sachsen, wo sie auch heute noch lebt. Bücher spielten in ihrem Leben schon immer eine große Rolle. Erst hat sie sie nur gelesen, heute schreibt sie sie auch selbst. Bereits seit 2011 ist sie Mitglied im FDA Sachsen.

Gimmel, Michael

Geboren am 02.12.1953 in Dresden, verheiratet 2, erwachsene Kinder, Abitur in Dresden, danach Tätigkeiten als Elektromonteur, Elektroniker, Englischlehrer, Softwareentwickler, z. Z. Supporter in einem mittelständischen Softwareunternehmen.

Er liebt die Berge, wandert gern, befasst sich intensiv mit Musik, Fotografie und Literatur. Seit seiner Kindheit ist er Fan von Christian Morgenstern, Ringelnatz oder auch Eugen Roth.

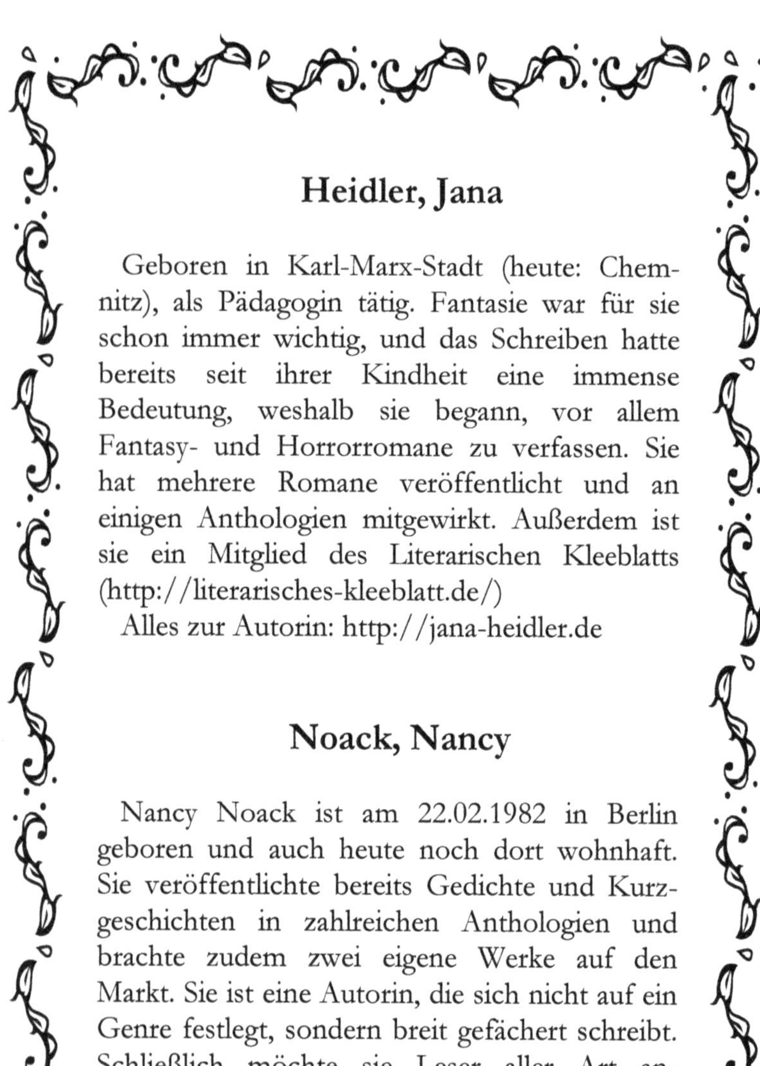

Heidler, Jana

Geboren in Karl-Marx-Stadt (heute: Chemnitz), als Pädagogin tätig. Fantasie war für sie schon immer wichtig, und das Schreiben hatte bereits seit ihrer Kindheit eine immense Bedeutung, weshalb sie begann, vor allem Fantasy- und Horrorromane zu verfassen. Sie hat mehrere Romane veröffentlicht und an einigen Anthologien mitgewirkt. Außerdem ist sie ein Mitglied des Literarischen Kleeblatts (http://literarisches-kleeblatt.de/)

Alles zur Autorin: http://jana-heidler.de

Noack, Nancy

Nancy Noack ist am 22.02.1982 in Berlin geboren und auch heute noch dort wohnhaft. Sie veröffentlichte bereits Gedichte und Kurzgeschichten in zahlreichen Anthologien und brachte zudem zwei eigene Werke auf den Markt. Sie ist eine Autorin, die sich nicht auf ein Genre festlegt, sondern breit gefächert schreibt. Schließlich möchte sie Leser aller Art ansprechen.

Rupp, Udo

Geboren am 10.02.1951 in Magdeburg.
1958 eingeschult in die POS Barleben
1968 Abschluss der 10. Klasse und Beginn der Lehre als Heizungsinstallateur
1970 Facharbeiterprüfung bestanden
November 1970 bis April 1972 Wehrpflicht bei der NVA
1972-1973 Handelsmarine mit Fahrten nach Übersee
Danach in mehreren Betrieben als Rohrschlosser, Heizwerkschlosser, Kesselwärter, Hausmeister gearbeitet
1998 selbständiger Gastwirt
Seit 1984 geschieden, eine Tochter, zwei Enkelkinder
Er begann schon 1973 mit dem Schreiben von Kurzgeschichten. Hat seit 2008 das Schreiben fortgesetzt und ist zur Zeit befreundet mit der Magdeburger Schreibrunde.

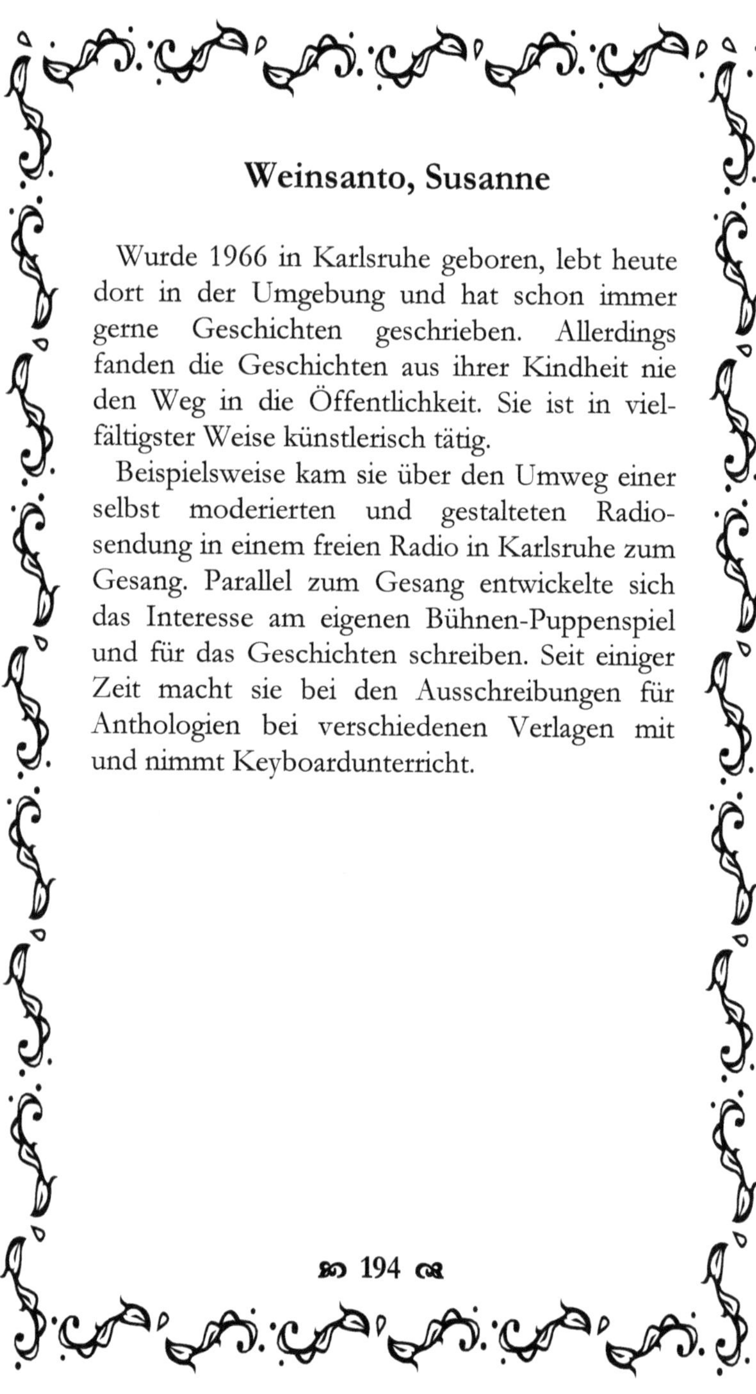

Weinsanto, Susanne

Wurde 1966 in Karlsruhe geboren, lebt heute dort in der Umgebung und hat schon immer gerne Geschichten geschrieben. Allerdings fanden die Geschichten aus ihrer Kindheit nie den Weg in die Öffentlichkeit. Sie ist in vielfältigster Weise künstlerisch tätig.

Beispielsweise kam sie über den Umweg einer selbst moderierten und gestalteten Radiosendung in einem freien Radio in Karlsruhe zum Gesang. Parallel zum Gesang entwickelte sich das Interesse am eigenen Bühnen-Puppenspiel und für das Geschichten schreiben. Seit einiger Zeit macht sie bei den Ausschreibungen für Anthologien bei verschiedenen Verlagen mit und nimmt Keyboardunterricht.

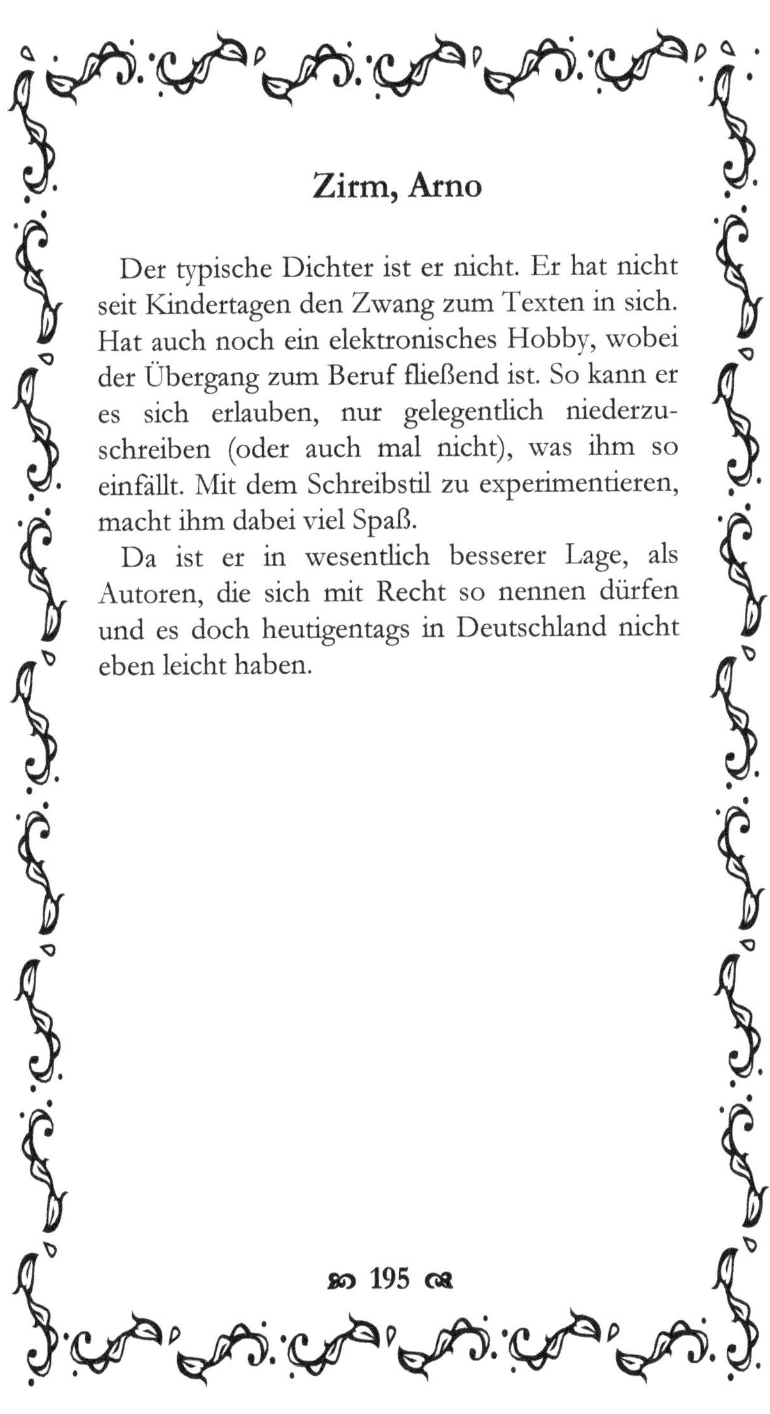

Zirm, Arno

Der typische Dichter ist er nicht. Er hat nicht seit Kindertagen den Zwang zum Texten in sich. Hat auch noch ein elektronisches Hobby, wobei der Übergang zum Beruf fließend ist. So kann er es sich erlauben, nur gelegentlich niederzuschreiben (oder auch mal nicht), was ihm so einfällt. Mit dem Schreibstil zu experimentieren, macht ihm dabei viel Spaß.

Da ist er in wesentlich besserer Lage, als Autoren, die sich mit Recht so nennen dürfen und es doch heutigentags in Deutschland nicht eben leicht haben.